Paul de Kock

**Cartouches Enkel**

Fortsetzung von die Kinder des Boulevard

Paul de Kock

**Cartouches Enkel**
*Fortsetzung von die Kinder des Boulevard*

ISBN/EAN: 9783743367388

Hergestellt in Europa, USA, Kanada, Australien, Japan

Cover: Foto ©Andreas Hilbeck / pixelio.de

Manufactured and distributed by brebook publishing software
(www.brebook.com)

Paul de Kock

**Cartouches Enkel**

# Fouché's Enkel.

Fortsetzung von

## „Die Kinder des Boulevart"

Von

## Paul de Kock.

Deutsch

von

## A. Kretschmar.

———

**Erster Theil.**

Pest, Wien und Leipzig 1864.

Hartleben's Verlags-Expedition.

# Erstes Capitel.

## Wo man steht.

Seit dem Tage, wo Herr von Germancey Severin und seine Mitschuldigen hatte festnehmen lassen, war unter den Personen, welche wir in der ersten Abtheilung unserer Geschichte kennen gelernt, nichts Bemerkenswerthes vorgegangen.

Florentine hatte ihre Tochter wieder aus der ländlichen Pflege zurück nach Paris kommen lassen. Die kleine Honorine war reizend, aber ihre Mutter war nicht gesonnen, eine schlichte Orangenhändlerin aus ihr zu machen, wie sie selbst war. Sie fand ihre Tochter mit so viel Talent begabt, daß sie sich eines Vergehens schuldig zu machen fürchtete, wenn sie diese glücklichen Naturanlagen ihres Kindes nicht durch die Erziehung ausbildete und veredelte.

In dieser Idee ward sie übrigens durch Honorinens Pathen bestärkt, welcher mit großer Liebe an der Kleinen hing und selbst erklärte, es würde ein förmliches Verbrechen sein, wenn man dieses Kind verurtheilen wollte, sein Leben auf dem Boulevard du Temple zuzubringen.

Florentine, welche sich indessen doch nicht ganz von ihrer Tochter trennen wollte, führte sie alle Morgen in eine bescheidene Pensionsschule, aus welcher sie sie Abends acht Uhr wieder abholte. Auf diese Weise hatte sie ihre Tochter

Cartouche's Enkel. I.                                        1 noch einen Theil des Abends bei sich. Freilich brachte dann die kleine Honorine natürlich diesen Theil des Abends auf dem Boulevard in der Nähe des Verkaufsstandes ihrer Mutter zu. Herr von Germancey fand dies nicht sehr angemessen, Florentine aber hatte darauf geantwortet:

»Wenn meine Tochter nicht zuweilen bei ihrer Mutter wäre, während diese Orangen verkauft, so würde sie sich schämen, wenn sie später erführe, daß dies mein Erwerb gewesen ist. Als Kind aber gewöhnt sie sich daran und später, wenn sie reich wird, wird sie mich deswegen nicht verachten. Sie glaubt, ihr Vater sei todt. Sie selbst, Herr Graf, haben mir gerathen, Honorine in dieser Beziehung nicht zu enttäuschen.«

»Ich rathe dies Ihnen auch selbst jetzt noch.«

»Nun, Sie sehen wohl, da sie Niemand weiter hat als mich, so muß sie wenigstens ihre Mutter lieben.«

Marie hatte noch nichts über ihren Gatten erfahren. Da sie nicht wollte, daß ihr Bruder Victor Commissionär bleibe und da sie mit ihrem Modehandel viel Geld verdiente, so hatte sie ihn mit der Aufsicht über ihr Magazin in Rouen beauftragt.

Dem jungen Manne gefiel der Aufenthalt in dieser Stadt aber nicht sonderlich. Er blieb allemal nur sehr kurze Zeit dort und beeilte sich nach Paris auf seinen lieben Boulevard du Temple zurückzukehren und die neuen Stücke zu sehen, welche im Ambigu-Comique und in der Gaité gegeben wurden.

Was die »neuen Troubadours« betraf, so existirten sie im Jahre 1807 nicht mehr, denn die Behörde hatte das ehemalige kleine Theater der Delassements ebenso wie mehrere andere Theater schließen laſſen. Aus welchem Grunde dies geschehen war, hat man niemals erfahren.

Victor vergaß aber in ſeinem Glück ſeinen alten Freund Beaulard durchaus nicht. Dieſer war ſeinen Wachsfiguren treu geblieben und ſchrie immer noch: »Hier, meine Herrſchaften, ſehen Sie« u. ſ. w. u. ſ. w. Vergebens bemühte ſich Victor, ihn zu bewegen, einen andern Erwerb zu ergreifen und ihm, ehrgeizige Ideen beizubringen. Es war verlorne Mühe. Beaulard, welcher mager, blaß, ſchlank und klein blieb, ſagte zu dem ehemaligen Commiſſionär:

»Warum willſt Du, daß ich mich um eine andere Stellung bemühe? Ich befinde mich in meiner zeitherigen ja ganz glücklich. Der Boulevard du Temple iſt mein Vaterland. Wo ſollte ich einen heiterern, amüſanterern und unterhaltenderen Platz finden als dieſen, der ſich obendrein ſeit Kurzem durch ein neues Gebäude verſchönt hat? Das vormalige Theater Gaité exiſtirt nicht mehr. Anſtatt jenes langen ſchmalen armſeligen Hauſes hat der neue Director, Herr Bourguignon, Schwiegerſohn des ſeligen Nicolet, ein ſchönes bequemes, elegantes und geräumiges Haus bauen laſſen. Ich kam eines Abends hinein, als das Stück beinahe aus war. Ich war förmlich geblendet und übrigens beſitzt unſer Boulevard auch zwei neue Künſtler unter freiem Himmel, Bobêche und Herrn Galimafré. Dieſelben haben den Vater Rouſſeau erſetzt und zwar mit vielem Erfolg. Vater Rouſſeau war ein drolliger Kauz, er paßte für plumpe Poſſen, dieſe Leute aber ſind feiner und geiſtreicher. Bobêche iſt ein echter, geborner Komiker. Man muß über ihn lachen, ohne daß er ſich Mühe zu geben, oder viel Geberden zu machen braucht. Mit ſeiner gelben Jacke, ſeinen rothen

Beinkleidern und seinem kleinen dreieckigen Hut, an welchem er hinten einen Schmetterling angesteckt hat, braucht er nur den Mund aufzuthun, um Heiterkeit hervorzurufen, und sein gutmüthiges, frisches und munteres Gesicht macht einem sofort Lust, ihn anzuhören. Ich habe von sehr feinen Herren, die oft hierherkommen, sagen hören, wenn er zum Theater gehen wollte, so würde er ein ganz vortrefflicher Schauspieler sein. Herr Korsse hat ihn engagiren und in seine Truppe des Ambigu Comique aufnehmen wollen, Bobèche hat sich aber geweigert und gesagt, zum Spielen im Freien tauge er wohl, in einem geschlossenen Raume aber werde er vielleicht seine Sache ganz schlecht machen. Das nenne ich Bescheidenheit.«

Victor bestand nicht weiter auf seinen Bemühungen, sondern begnügte sich, für seinen alten Cameraden zuweilen ein Glas Bier und etwas Aufgewärmtes zu bezahlen, was für den armen Victor eben so viel war, als wenn er im »blauen Zifferblatt« gespeist hätte. Dann ging Victor allein in die Gaîté, um hier die »Cisterne« von dem schon berühmten Guilbert von Pixérécourt, im Ambigu Comique den »Wald bei Hermannstadt« von dem nicht weniger berühmten Ceigniez anzusehen. Diese beiden Autoren waren im Jahre 1809, 10, 11 und 12 das, was in unserer Zeit die Herren Ennery und Anicet Bourgeois sind. Es beweist dies, daß jede Zeit ihre bevorrechteten oder in Aufnahme befindlichen, oder wenn man lieber will, ihre glücklichen Autoren hat, was Alles auf Eins hinausläuft.

Der Chevalier von Merillac fuhr fort Madame Roberval den Hof zu machen. Wahrscheinlich geschah dies indessen nicht mehr so eifrig wie früher. Es gibt gar so viele

Manieren, den Hof zu machen. Die beste ist aber die, wo
man fortwährend freundschaftliche Beziehungen zu den Per=
sonen unterhält, mit welchen man auf vertrautem Fuße ge=
standen hat.

Herr Roberval fuhr fort Reichthum zu erwerben, wäh=
rend er seiner Gattin freistellte, zu thun, was sie Lust hatte.
Er war ganz so geworden, wie es sein mußte. Er fuhr fort
oft zu reisen und wenn er dann wieder zurückkam, verfehlte
er nicht, in sein Landhaus in Ville Avray sich einzuschließen,
wo er sich den Blicken Aller entzog und nur selten Besuch
empfing, ausgenommen um hier jene glänzenden Feste zu
geben, welche ganz Paris herbeilockten und eine Woche
lang Stoff zu den Conversationen der Salons lieferten.

So war das Jahr 1813 herangekommen und eben
gegen Ende dieses Jahres hatte der Graf von Germancey
in den Journalen jenen Artikel gelesen, welcher meldete,
daß zwei Sträflinge aus dem Bagno von Toulon entsprun=
gen und daß diese beiden Verbrecher gerade die waren,
welche er früher einmal dem Arme der Gerechtigkeit über=
liefert, nämlich Severin und der Frosch.

Dieser Zeitungsartikel hatte natürlich einen sehr leb=
haften Eindruck auf den Grafen gemacht. Dieser fürchtete
sofort das größte Unglück für Florentine und ihre Tochter.
Er berechnete das Unheil, welches dieser Mensch, der jetzt in
der ganzen Kraft der Jahre stehen mußte, ihnen noch zufü=
gen konnte. Severin mußte jetzt acht oder neunundreißig
Jahre zählen, und es geschieht selten, daß ein Mann, des=
sen Neigungen lasterhaft sind, sich in diesen Jahren schon
bessert.

Indessen das Jahr 1813 ist vergangen und auch das

nächſtfolgende, ohne daß das friedliche Leben Florentinens und ihrer Tochter durch irgend etwas beunruhigt worden wäre. Der Boulevard du Temple zieht immer noch die ſchauluſtige Menge durch ſeine Melodramen an, die jetzt aber nur noch drei Acte haben und noch nicht wagen, ſich mit dem Namen Drama zu ſchmücken, womit man gegen= wärtig ein Gemiſch von Schauſpiel und Muſik bezeichnet.

Warum hat man den Namen gewechſelt, da die Sache doch dieſelbe geblieben iſt? Ich will auf dieſe Frage antwor= ten, was ich vermuthe: weil das Wort Drama nobler klingt. Das iſt wohl auch möglich, jedenfalls aber weniger richtig.

Tautin, Marty, die Damen Adele Dupuis und Hu= gens ſtrahlen noch in ihrem Glanze. Die »Ruinen von Ba= bylon«, das »Kind der Liebe« machen ein Glück, welches alle Theaterfreunde nach dem Boulevard du Temple lockt, ſelbſt diejenigen, welche über die Melodramen ſpotten und dieſes Genre verhöhnen.

Es iſt aber einmal ſo Gebrauch, daß man den Dingen nachgeht, über welche man ſpottet. Wie viele Männer habe ich gekannt, welche thaten, als ob ſie keine Griſette leiden könnten, obſchon ſie gern eine zum Liebchen gehabt hätten.

Wenn aber auch den Perſonen unſerer Geſchichte nichts Intereſſantes begegnet iſt, ſo ſind doch in Frankreich ge= waltige Ereigniſſe geſchehen. Wozu ſollte ich jedoch dieſel= ben erzählen? Der Leſer kennt ſie ebenſogut als ich und übrigens hab' ich mich niemals gern mit Politik beſchäftigt. Mein Gott, die Politik! Welch ein ewiger Zankapfel iſt dieſe, wenn man ſich einfallen läßt, ſie aufs Tapet zu brin= gen. Und wie amüſant ſind die Jounale, welche von Politik ſprechen, nicht wahr? Was ſie wollen, das wollen ſie, ſie fragen nicht, ob dies auch deine Meinung ist. Es ist die ihrige, dies genügt, und es muß folglich auch die deinige sein, denn merke wohl, diese Herren, welche unaufhörlich die Freiheit predigen, lassen dir doch keine und wenn du nicht gerade so denkst wie sie, so bist du nicht werth, an den Galgen zu kommen. Ach, diese Politiker! Mögen sie meinetwegen ihren Kohl auftischen, ich lese ihn ganz gewiß nicht.

Man weiß also, daß im Jahre 1814 der Feind in Frankreich eindrang. Es ist sehr traurig, den Feind im Vaterlande zu sehen. Ich habe ihn gesehen, lieber Leser; möge Dir nie ein ähnlicher Anblick beschieden sein.

Man weiß, daß die Bourbons nach Frankreich zurück-kehrten, daß Ludwig der Achtzehnte König ward. Man weiß, daß der Kaiser Napoleon 1815 von der Insel Elba zurückkam, seinen Platz auf dem Thron wieder einnahm, und daß Ludwig der Achtzehnte nach Gent floh. Der Kaiser ward verrathen und besiegt und man transportirte ihn nach St. Helena, während Seine Majestät, Ludwig der Acht-zehnte, wiederum auf dem schönen Throne Frankreichs Platz nahm.

Da Du dies alles weißt, lieber Leser, so brauche ich es Dir nicht zu erzählen.

Wir sind somit bei dem Jahre 1816 angelangt. Der Graf von Germancey hat einen großen Theil seiner Güter zurückerhalten und der Chevalier von Merillac hat seinen kleinen Antheil an der Milliarde bekommen, welche König Ludwig der Achtzehnte die Gnade gehabt hat, denen seiner Diener, welchen die Revolution am grausamsten mitgespielt, als Entschädigung zu bewilligen.

Es folgt hieraus, daß zwei von unsern Personen in

eine ganz andere Stellung gekommen sind. Der Graf von Germancey bezieht wieder dreißigtausend Francs Renten und Herr von Merillac beinahe eben so viel.

Wird das auch ihren Charakter ändern? Ich glaube es nicht, denn erstens waren diese Herren schon früher an den Reichthum gewöhnt, und zweitens sind sie keine Dumm-köpfe. Nur Dummköpfe kann der Reichthum ändern — frei-lich ist leider daran kein Mangel.

## Zweites Capitel.

## Der Bankier Migoulotini.

Ein Regierungswechsel führt allemal eine große An-zahl Fremde in ein Land, so daß man viel neue Gesich-ter sieht.

In einer Stadt wie Paris macht sich ein solcher Um-sturz ganz besonders bemerkbar.

Die Salons sind nicht mehr dieselben. Man sieht darin eine Menge neue Gesichter und oft sucht man die, welchen man am liebsten begegnen möchte, vergebens.

Die Einen haben ihren Posten, ihr Vermögen, ihre Stellung eingebüßt und können nicht mehr denselben Rang in der Welt behaupten.

Die Anderen fliehen die Gesellschaft, um nicht die Scha-denfreude der Leute zu sehen, welche sie verabscheuen, oder um sich nicht das hochmüthige Benehmen von Personen gefallen zu lassen, die sie nicht kennen.

Unter diese Menge sich so nennender vornehmer Per-

sönlichkeiten, welche aus allen Ländern herbeiströmen, schlei=
chen sich stets Intriguanten ein, deren eigentliches Hand=
werk ist, Andere hinter's Licht zu führen und sich auf ihre
Kosten zu bereichern.

Diese Leute studiren den günstigen Augenblick, wo sie
auf der Bühne erscheinen, und bewegen sich hier mit so viel
Sicherheit, Takt und Dreistigkeit, daß man einer großen
Erfahrung bedarf, um sich nicht durch schöne Redensarten
und liebenswürdige Manieren ködern zu lassen.

Die Emporkömmlinge der Republik waren jetzt we=
niger anmaßend und unverschämt. Sie affectirten jetzt feine
Manieren und einige versuchten sogar, sich für wieder in
den Besitz ihrer Güter gelangte Emigrirte auszugeben; aber
nur Thoren ließen sich dadurch täuschen, die ja ohnehin den
Reichthum stets anbeten, mag der Ursprung desselben sein,
welcher er wolle.

Kurz, die eleganten Manieren des Hofes wurden durch
viele kürzlich Reichgewordene nachgeäfft. Den guten Ton
aber und ein distinguirtes Benehmen erlangt man nicht mit
den Thalern zugleich. Wenn man schon in reifern Jahren
steht, so kann man seine Erziehung nicht noch einmal begin=
nen und wer mit dreißig Jahren noch Sprachfehler macht,
der wird deren sein ganzes Leben lang machen, es müßte
denn sein, daß er sich entschlösse, den Mund gar nicht auf=
zuthun.

Der Millionär Rigoulot freute sich sehr, Fräulein
von Hautefutaie geheirathet zu haben. Dank seiner Gattin,
welche von altem Adel war, empfing er in seinem Salon
sehr feine Leute, welche zu Gunsten der vortrefflichen Di=
ners, welche der Bankier gab, in Bezug auf den Ursprung

seines Reichthums gern ein Auge zudrückten und seiner Ge=
malin ihre Huldigungen darbrachten.

Madame Rigoulot, früher Fräulein von Hautefutaie,
führte ihr Haus auf großem Fuße. Sie hatte ihren Em=
pfangstag und außerdem gab sie Bälle, Concerte, litera=
rische Matinéen u. s. w. Vor der Welt nannte sie ihren
Gatten Rigoulotini und sprach die beiden letzten Sylben so
schleppend aus, daß man diesen neuen Namen gewiß nicht
wieder vergaß.

Nach Verlauf einiger Zeit und da der Name Rigou=
lotini weit besser in's Ohr klang als der sehr prosaische und
durchaus nicht distinguirte Rigoulot, ward der Bankier in
einen Italiener umgetauft, was ihm in den Augen der
Leute, welche die Ausländer lieben, nothwendig ein bedeu=
tendes Gewicht geben mußte.

Madame Rigoulotini hatte natürlich aus ihrem Salon
eine große Anzahl der ehemaligen Freunde ihres Mannes
verwiesen, weil ihre plebejische Sprache und Manieren nicht
mehr zu der Gesellschaft paßten, die sie jetzt empfing, und
Herr Mouchenez, der, wie man sich erinnern wird, ein
schauderhaftes Französisch sprach, war einer der Ersten ge=
wesen, die Herr Rigoulotini auf Bitten seiner Gemalin
nicht mehr einlud.

Anfangs freilich war diese Bitte von dem Millionär
sehr übel aufgenommen worden und er hatte zu seiner Frau
gesagt:

»Wie, Madame, Sie verlangen, daß ich Mouchenez
die Thür weise — einem alten Freund, einem Cameraden,
einem guten, ehrlichen Kauz? Denn er hat wirklich ein vor=
treffliches Herz, dieser Mouchenez.«

»Mein Herr, ich bestreite durchaus nicht die guten Ei=
genschaften Ihres Herrn Mouchenez. Er ist ein sehr ver=
ständiger Mann, das gebe ich gern zu, aber sein Ton ist der
schlechteste, den man sich denken kann. Er kann nicht drei
Worte sprechen, ohne Sprachfehler zu machen und macht
dieselben mit der größten Dreistigkeit und schreit, daß man
taub werden möchte. Mit einem Worte, er ist ein Mensch,
den man in einem Salon unmöglich empfangen kann. Ich
verlange nicht, daß Sie ihn gehen heißen, aber geben Sie
ihm wenigstens zu verstehen, daß wir keine Gesellschaft
mehr empfangen, daß wir aufs Land gehen, oder was Sie
sonst wollen. Empfangen Sie ihn in Ihrem Cabinet, wenn
Sie allein sind, aber in meiner Gesellschaft niemals. Ich
will es nicht und ich dächte, mein Wille müßte Ihnen ge=
nügen.«

Diese Dame hatte in der That ihren Gatten daran
gewöhnt, sich vor ihrem Willen zu beugen. Er verneigt sich
daher zum Zeichen des Gehorsams; im Laufe desselben Ta=
ges aber, als er aus seinem Haus heraustritt, begegnet er
Mouchenez, der eben hinein will.

Der Millionär vertritt seinem Freunde den Weg und
sagt zu ihm.

»Geh nicht hinein; Du siehst ja, daß ich ausgehe.«

»Ach Du bist es, Krösus! Beinahe hätte ich Dir die
Nase eingestoßen und das hätte mir sehr leid thun sollen,
denn wir sind ja mit einander wie Wein und Brod — zwei
alte treue Freunde; deine Frau freilich kommt mir immer
vor wie eine Pfeffergurke — ha! ha! ha! — kein schlechter
Witz das! — nicht wahr? — Aber Du lachst ja nicht —
wie kommt es, daß Du nicht lachst, Barabas?«

Rigoulot kratzte sich die Nase und fühlte sich sehr ver=
legen. Endlich sagt er:

»Wo wolltest Du denn hin?«

»Wo ich hinwollte? Rede doch nicht so einfältig! Zu
wem wollte ich denn als zu Dir? Komm, geh wieder mit
hinein. Ich habe Appetit zu einem Glas Wein.«

»Nein, umkehren kann ich nicht. Ich habe zu thun.
Ich muß sogleich in die Champs Elysées zu dem Marquis
von Blouminet, einem Freund meiner Frau, der mir die
Ehre erzeigt, Geld von mir zu leihen. Ich will ihn nicht
warten lassen.«

»Nun, dann gehe ich mit zu deinem Marquis, der
Dir diese Ehre erzeigt. Dann kehren wir mit einander zu=
rück und ich speise mit bei Dir. Ich lade mich ohne weitere
Umstände selbst ein, um so mehr, als wir heute Donnerstag
haben, wo in der Regel bei Dir viel los ist. Donnerstags
hast Du allemal Gäste, und wo für zehn genug ist, da ist
auch für eilf genug. Meinst Du nicht auch?«

»Nein, so meine ich nicht,« antwortet Rigoulot, die
Augen niederschlagend. »Du wirst nicht mehr bei mir spei=
sen, wir empfangen jetzt nicht mehr.«

»Ihr empfangt nicht mehr? — Seit wann denn?«

»Seit heute. Meine Frau will nicht mehr.«

»Ihr empfangt eure großschnäuzige Gesellschaft nicht
mehr? Nun, das ist mir gerade recht. Ich sehe es viel
lieber, wenn wir so unter uns sind. Man ist dann weit
ungenirter. Ich habe oft dumme Kerls bei Dir getroffen,
die allemal lachen, wenn ich spreche; nicht als ob ich mir
viel daraus machte, aber einmal könnte mir doch der Wurm
über die Leber laufen und dann würde es Ohrfeigen setzen

rechts und links. Deshalb ist es mir lieber, wenn wir unter uns speisen.«

»Mouchenez, es thut mir leid, aber ich kann Dich nicht mehr zu Tische bitten. Ich will Dir auch gerade heraus sagen, warum. Meiner Frau gefällt deine Gesellschaft nicht. Sie behauptet, Du drücktest Dich zu roh und fehlerhaft aus.«

»So. Was meint denn deine Prinzessin damit? Du weisest mir also die Thür — mir, einem alten Freunde, der mit Dir von der Pike auf gedient hat? Allerdings habe ich es nicht so weit gebracht wie Du, aber Gott sei Dank, ich befinde mich auch wohl, und wenn ich mit bei Dir spei= sen will, so liegt der Grund nicht etwa darin, daß ich zu Hause nichts zu essen hätte, verstehst Du mich?«

»Mein Gott, das weiß ich recht wohl. Ich bin auch noch immer dein Freund, ich weise Dir nicht die Thür; ich sage Dir blos, daß meine Frau deine Gesellschaft nicht liebt. Erstens nennst Du mich niemals anders als schlechtweg Ri= goulot anstatt Rigoulotini, wie mein Name jetzt lautet.«

»Ach, dummes Zeug! Du heißest Rigoulot, das werde ich wohl noch wissen. Dieses ini ist ein Zusatz von deiner Frau, welche Dich für einen Italiener ausgeben möchte, während Du doch stolz darauf sein solltest, ein Franzose zu sein. Sie weist deinen alten Freunden die Thür, sie ver= bietet Dir, sie zu empfangen; das ist wirklich nicht übel von ihr. Es wird nicht lange dauern, so verbietet sie Dir zu sagen, daß Du ihr Mann bist.«

»Mouchenez, Du liebst meine Frau nicht, das finde ich sehr begreiflich; sie ist auch nicht freundlich gegen Dich, und Du büßest also nicht viel ein, wenn Du nicht in ihre

Gesellschaft kommst. Besuche mich, wenn ich allein bin; komm in mein Cabinet, ich werde Dich stets mit Vergnügen empfangen und ein gutes Glas Wein mit Dir trinken.«

»Ich danke schön. In der That, Du thust mir leid.«

»Mouchenez!«

»Ja. Du thust mir leid, denn mit allen deinen Millionen bist Du doch ein erbärmlicher Kerl. Ein Mann, der sich von seiner Frau regieren läßt, ist ein Esel — man verachtet ihn und man hat Recht. Du hast eine Adelige geheiratet und dies war gleich von vorneherein unklug gehandelt, indessen, da deine Mittel es erlauben, Dir diese Grille zu gestatten, so mußtest Du wenigstens deiner Frau ihren gebührenden Platz anzuweisen und Herr in deinem Hause zu bleiben verstehen. Statt dessen verhunzest Du aber deinen Namen, weisest deinem alten Freunde die Thür und willst die vornehmen Herren nachäffen — Du bist ein Dummkopf.«

»Herr Mouchenez!«

»Ja, ein Dummkopf! O, meinetwegen nimm es übel. Ich sage, was ich denke, und über kurz oder lang wirst Du schon bereuen, deine Prinzessin geheiratet zu haben. Dies sage ich Dir im Voraus, und es geschieht Dir ganz recht, denn Du hast es verdient. Leben Sie wohl, Herr Jni; wir sind fertig mit einander.«

Mit diesen Worten verließ Mouchenez seinen ehemaligen Freund und der Millionär kehrte traurig und niedergeschlagen in seine Wohnung zurück, denn er fühlte wohl, daß in dem, was Mouchenez gesagt, viel Wahres lag, und die Wahrheit trifft immer den richtigen Fleck, mag man auch thun, was man wolle, um ihr auszuweichen.

Seitdem der Graf von Germancey wieder reich ge=
worden, ist seine Sorge gewesen, sich zu Florentinen zu bege=
ben und ihr zu sagen:

»Mein liebes Kind, meine Stellung hat sich geän=
dert; das Schicksal hat aufgehört mir feindselig zu sein.
Allerdings gibt es mir nicht die theuren Wesen zurück, die
ich verloren; indem es mich aber wieder in den Besitz eines
Theils meines Vermögens setzt, gestattet es mir endlich,
wenn auch nicht mich der ganzen Verbindlichkeit zu entledi=
gen, die ich Ihrer armen Mutter schulde — denn es gibt
Dienste, die man niemals vergelten kann — wohl aber we=
nigstens ihrer Tochter zu beweisen, daß ich nicht undankbar
bin. Ihre Tochter ist meine Pathe und deshalb bin ich ihr
nicht blos Neigung und Anhänglichkeit schuldig, sondern
auch einen Schutz, dessen Wirkungen sie schon von jetzt an
empfinden soll. Sie steht jetzt in ihrem vierzehnten Jahre,
sie ist liebenswürdig, sie besitzt schon die Schönheit der Mut=
ter und vereinigt damit die kindliche Anmuth ihres Alters.
Ich will aber, daß für ihre Erziehung noch mehr geschehe,
als bisher. Sie besitzt Talente; ich will, daß dieselben aus=
gebildet werden. Erlauben Sie mir daher, sie in ein Pen=
sionat zu bringen, wo, indem man ihren Geist bildet, man
sich auch mit ihrem Herzen beschäftigen wird, wo man nicht
blos suchen wird, sie in der Welt glänzen zu lassen, sondern
wo man sie vor allen Dingen lehren wird, ihre Mutter
nicht zu verachten. Ich habe keine Kinder. Ich fange an
zu glauben, daß ich die Kinder meines Bruders niemals
ausfindig machen werde und folglich werde ich Ihrer Toch=
ter, meiner Pathe, einmal mein ganzes Vermögen hinter=
lassen. Bis dahin aber und von diesem Augenblick an

sichere ich ihr sechstausend Francs Renten. O, weisen Sie mein Anerbieten nicht zurück. Sie haben nicht das Recht dazu. Ein Taufpathe ist ein zweiter Vater und mit diesem Rechte will ich meine kleine Honorine gegen Mangel sicher= stellen. Was Sie betrifft, liebes Kind, so habe ich aller= dings keine Vorschriften zu machen, wenn Sie aber meinem Rath folgen wollen, so geben Sie einen Erwerb auf, der Sie anstrengt und den Sie nicht mehr auszuüben brauchen. Ihre gute Mutter hatte Ihnen so viel hinterlassen, daß Sie leben konnten, Sie wollten aber immer noch mehr Geld verdienen, um die Zukunft Ihrer Tochter zu sichern; jetzt ist dies meine Sorge und da Sie sonach in Bezug auf Honorinens Schicksal Beruhigung fassen können, so sollte ich meinen, Sie könnten sich auch selbst ein wenig Ruhe gönnen.«

Florentine wollte anfangs die Wohlthaten des Gra= fen ablehnen, er bestand aber darauf und seine Eigenschaft als Pathe gab ihm das Recht dazu.

Uebrigens fühlte Florentine sich auch im Grunde ihres Herzens überaus glücklich bei dem Gedanken, daß ihre Toch= ter eine höhere Ausbildung erhalten sollte, und warum sollte sie sich weigern, eine Person aus ihr zu machen, die würdig war, in der Welt aufzutreten, da ja das Vermö= gen, welches sie erwartete, ihr die Möglichkeit gewähren mußte, diesen Platz auch zu behaupten.

Der Graf von Germancey hatte seiner Mitgevatterin, Mademoiselle Turlure, ebenfalls ein namhaftes Geschenk gemacht. Diese aber, die stets leichtsinnig zu Werke ging, hatte den Erlös für das Geschenk, welches sie unverweilt zu Gelde gemacht, in Theaterbillets verthan.

So wie die dicke Blondine älter ward, fühlte sie ihre
Leidenschaft für das Theater immer höher steigen. Sie ließ
sich von Boursiquet gedruckte Melodramen kaufen, lernte die
Rollen der unschuldigen verfolgten Prinzessinnen auswendig
und ihr höchstes Ziel war jetzt, im Ambigu oder in der
Gaîté einmal aufzutreten.

Man kann sich denken, daß sie unter diesen dramati-
schen Studien sich um ihre kleine Pathe sehr wenig beküm-
merte. Wenn sie jedoch Honorine ansah, so rief sie:

»Deine Tochter ist wirklich außerordentlich hübsch,
Florentine. Auf dem Theater müßte sie famosen Effect
machen.«

Florentine hatte aber keine Lust, ihre Tochter Schau-
spielerin werden zu lassen.

Honorine war schon so hübsch, sie verrieth so viel
Geist und Witz, es lag so viel Anmuth in ihrer Person, so
viel Reiz in ihren Zügen, in ihrem Blicke, in ihrer Stimme,
daß Jedermann sie liebte, und wie hätte ihre Mutter nicht
stolz auf sie sein sollen, da sie sah, daß Jedermann sie
bewunderte.

Florentine befolgte demgemäß den Rath, den ihr der
Graf von Germancey gegeben. Sie gab ihren Orangen-
handel auf, verließ den Platz, den sie so lange auf dem
Boulevard du Temple eingenommen und wo sie nun Turlure eben so wie die Ronflard zurückließ.

Von nun an besuchte sie ihre Tochter in dem Pensionate, in welches der Graf sie gebracht hatte, fast täglich.

Wohl seufzte sie, wenn sie dann allein nach Hause
zurückkehren und ihre Tochter in der Pension lassen mußte.
Honorine war aber gegen ihre Mutter so zärtlich und lie-

benswürdig, sie lernte alles, was man sie lehrte, so gut und sie gewann so feine, distinguirte Manieren, daß Floren= tine dadurch getröstet ward und beim Abschiede allemal zu sich selbst sagte:

»An meiner Orangenbude hätte sie freilich nicht so sprechen gelernt.«

Wenn der Graf ihr Complimente über seine Pathe machte, rief sie zuweilen:

»Ach ja, sie ist sehr hübsch, sehr liebenswürdig! Ach, wenn ihr Vater sie sähe, glauben Sie nicht, daß er sie auch lieben, daß er auch stolz auf sie sein würde?«

Der Graf von Germancey runzelte dann allemal die Stirn, wendete die Augen ab und begnügte sich in leisem Tone zu antworten:

»Vergessen Sie, vergessen Sie diesen Mann; Sie wer= den ihn niemals wiedersehen.«

Und bei sich selbst setzte er hinzu:

»Hoffen wir es wenigstens.«

## Drittes Capitel.

## Ein Blitz in der Nacht.

Es war zu Anfang des Winters im Jahre 1817. Die Vergnügungen waren auf der Tages= oder vielmehr auf der Nachtordnung. In den Salons von Paris gab es nichts als Feste, Bälle, Diners und Concerte.

Unter den Häusern, welche im Rufe standen, die flot= testen zu sein und in welchen das Ceremoniel nicht sehr

streng beobachtet ward, nannte man das des Herrn Rober=
val, des Börsenspeculanten und glücklichen Geschäftsmannes.
Man fand in seinem Salon gerade wie im Jahre 1804
ein wenig von Allem: Künstler, Schriftsteller, Kaufleute,
Finanzmänner, Unternehmer, Militärs, Fremde und zuwei=
len auch Grafen und Marquis. Diese bildeten aber nicht
die Mehrzahl, denn die Gesellschaft, welche sich bei Herrn
Roberval versammelte, war für die Herren von altem Adel
ein wenig zu gemischt.

Madame Roberval machte die Honneurs ihres Hau=
ses mit unendlicher Anmuth.

Durch die lange Uebung hatte sie jene Ungezwungen=
heit und Leutseligkeit erlangt, welche man an der Dame
vom Hause gern wahrnimmt.

Eulalia — so hieß sie mit ihrem Vornamen — stand
nicht mehr in der ersten Jugend. Sie war in die Vierzig
hinein, vielleicht schon ziemlich wieder hinaus, dies hielt sie
aber nicht ab, noch sehr hübsch zu sein und, wenn sie sonst
gewollt hätte, das Register ihrer Eroberungen noch um neue
zu vermehren.

Man kann sich leicht denken, daß sie, wenn auch alt
geworden, doch nicht aufgehört hatte kokett zu sein.

Dies wäre übrigens auch ein großer Fehler gewesen,
denn die Koketterie ist bei den Frauen mehr eine Tugend
als ein Gebrechen. Dürfen wir sie wohl wegen der Mühe
tadeln, die sie sich geben, um uns zu gefallen? Wenn ihnen
dies auch nicht immer gelingt, so müssen wir ihnen doch
schon für die Absicht Dank wissen, und wenn sie älter wer=
den, so haben sie um so mehr Grund, ihre Koketterie zu ver=
doppeln, um den so furchtbaren Feind, welcher die Zeit

heißt, zu bekämpfen oder wenigstens in Respect zu halten zu suchen.

Eine reiche und kokette Dame muß ihre Toiletten in den schönsten Magazinen von Paris kaufen.

Madame Roberval tritt eines Tages in einen neuen Modeladen, welcher kürzlich in der Chaussée d'Antin eröffnet worden und der schon viel Zulauf hat.

Dieses Magazin war von Marie, Victors Schwester, gegründet, welche das, welches sie zeither in Rouen besessen, verkauft hatte, um sich ausschließlich in Paris zu etabliren.

Madame Roberval steht im Begriff, einen Hut, der ihr gefällt, aufzuprobiren, als die Herrin des Magazins sie ansieht und einen Ruf der Ueberraschung ausstößt.

Die neue Kunde thut ihrerseits dasselbe und dann entspinnt sich zwischen den beiden Damen folgendes Gespräch:

»Ich irre mich nicht, es ist Eulalie Deschamps!«

»Und das ist Marie — meine gute kleine Marie — meine Freundin in Rouen, ehe ich heiratete.«

»Ja, ich bin es. Ach, welch ein Vergnügen, Dich — Sie wiederzusehen — entschuldigen Sie; jetzt darf ich mir nicht mehr erlauben, Sie Du zu nennen, denn Sie haben Equipage. Ich sehe, daß Sie jetzt eine vornehme Dame sind.«

»Ja, ich bin reich, ich habe einen Wagen, aber deswegen bin ich nicht stolzer geworden. Immer nenne mich Du wie sonst, meine liebe Marie. Dies wird mich gleichsam verjüngen. Es ruft mir die Zeit zurück, wo ich noch Mädchen war und Du das Putzmachen lerntest. Ach, damals zählte ich sechzehn Jahre, Du ungefähr eben so viel. Ich hatte keinen Wagen, und dennoch wollte ich, ich lebte noch in jener Zeit und ginge mit Dir in jenen schönen Fluren vor dem Thore von Rouen spazieren.«

»Wenn einem das Schicksal günstig gewesen ist, so darf man sich nicht beklagen. Dein Mann, jener Herr Roberval, der weiter nichts war als ein armer Graveur, dann ein kleiner Commis bei einem Bankier, hat also Mittel gefunden, reich zu werden?«

»Ja, wir sind sehr reich. Wir geben Diners und Feste; wir empfangen viel Gesellschaft.«

»Um so besser, meine liebe Eulalie. Ich freue mich, das zu hören.«

»Und Du, Marie, Du hast ein schönes Modenmagazin — gehört es Dir?«

»Ja wohl, es gehört mir.«

»Dann bist Du also auch glücklich?«

»Was das Geld betrifft, so habe ich mich allerdings nicht zu beklagen, aber dennoch bin ich nicht glücklich.«

»Warum nicht?«

»Ich bin verheiratet.«

»Und dein Mann macht Dich unglücklich! Arme Marie!«

»Nein, das ist es nicht. Ich verheiratete mich kurze Zeit, nachdem Du Rouen verlassen hattest.«

»Mit einem jungen Mann?«

»Ja, mit einem jungen und sehr hübschen Mann, Namens Villemart.«

»Sehr richtig; über deinem Magazin steht: Madame Villemart, Modistin. — Nun und?«

„Nun, nachdem wir acht Monate verheiratet waren,
trat mein Mann eine Reise an. Er wollte nur kurze Zeit
wegbleiben, aber er ist bis jetzt noch nicht zurückgekom=
men und ich habe ihn nicht wiedergesehen.“

„Mein Gott! Dann ist er wohl todt?“

„Das weiß ich nicht. Vielleicht ist er es jetzt; während
des ersten Jahres aber, welches auf seine Abreise folgte,
erfuhr ich, daß man ihn hier in Paris gesehen hatte. Ich
beschloß, ebenfalls hierher zu gehen, in der Hoffnung, ihn
wiederzufinden, wenigstens etwas über ihn zu erfahren, aber
ich habe nichts gehört. Ein Jahr nach dem andern ist ver=
gangen, ohne mir Nachricht über Villemart zu bringen.“

„Arme Marie, dann bist Du Witwe, daran läßt sich
wohl kaum noch zweifeln. Du hattest aber auch einen Bru=
der, von dem Du oft sprachst.“

„O, dem Himmel sei Dank, diesen habe ich wiederge=
funden. Victor ist ein guter Junge, manchmal ein wenig
faselhaft und ein wenig faul, aber gefällig und verständig.
Ich habe ihn zu meinem ersten Commis und zu meinem
Associé gemacht. Er führt mir die Bücher — wenn er Zeit
hat. Der arme Junge! Er war Commissionär, aber er hat
sehr schnell gute Manieren gelernt und ist jetzt ein Cavalier,
der sich sehen lassen kann.“

„Wenn er hier ist, so stelle mir ihn vor.“

„Nein, er ist nicht hier. Er ist überhaupt sehr selten
da. Er schlendert gern herum, namentlich auf seinem lieben
Boulevard du Temple, wo er einen Theil seiner Jugend zu=
gebracht hat, und wo er, wie er behauptet, sehr glücklich ge=
wesen ist. Wenn Du es mir aber erlaubst, so werde ich ihn
einmal zu Dir bringen.“

»Und deine Eltern? haft Du in diefer Beziehung et=
was entdeckt? Du hatteft mir jene eigenthümliche Gefchichte
von der Dame erzählt, welche Euch einer Bäuerin in Vin=
cennes anvertraute.«

»Ja, und wir befaßen ein Flacon, welches von meiner
Mutter kam und uns vielleicht zu einer Wiedererkennung
hätte führen können. Diefes Flacons aber hatte Villemart,
mein Mann, ſich bemächtigt und ift damit verfchwunden.
Uebrigens glaube ich, liebe Eulalie, daß wir jetzt aller Hoff=
nung, jemals unfere Familie ausfindig zu machen, entfagen
müſſen. Es ſind nun zu viele Jahre vergangen, als daß wir
uns in diefer Beziehung noch in der mindeſten Täufchung
wiegen könnten.«

Nachdem Madame Roberval auf diefe Weife wieder
die Bekanntfchaft mit ihrer alten Freundin angeknüpft und
ihr einen ihrer fchönften Hüte abgekauft hatte, ſtieg fie wie=
der in ihren Wagen, nicht ohne der Modiftin vorher ihre
Adreffe gegeben und fie aufgefordert zu haben, ihr ebenfalls
einen baldigen Befuch abzuftatten.

Marie, die ſich nicht wenig freute, eine Jugendgenoffin,
und zwar trotz ihrer veränderten Stellung, noch immer ſo
freundlich und liebenswürdig wie früher zu finden, verfehlt
nicht, der empfangenen Einladung zu folgen.

Zwei Tage nach jener Wiedererkennung der beiden
Freundinnen begibt Madame Villemart ſich in das elegante
kleine Hotel, welches Madame Roberval bewohnt. Sie
nennt einer Zofe ihren Namen und wird fofort bei der Gat=
tin des reichen Capitaliften eingeführt.

Eulalia empfängt ihre alte Freundin mit der lebhaf=
teften Freude. Sie läßt fie neben ſich Platz nehmen und

während die Modiftin alle jene tausenderlei Kleinigkeiten bewundert, die durchaus keinen Nutzen haben, sich aber doch in dem Boudoir einer Dame der großen Welt vorfinden müssen, läßt Madame Roberval einen delicaten Imbiß auftragen und zwingt ihre Freundin, mit ihr daran Theil zu nehmen.

Die beiden Freundinnen schmausten feine Pastetchen und befeuchteten ihre Lippen mit Alicante oder Frontignan. Man ließ die Luftpartien, die man als Mädchen mitgemacht, die Musterung passiren.

Niemals war Madame Roberval so liebenswürdig, so heiter gewesen und sie sagt wiederholt zu ihrer Freundin:

»Ich will, daß Du alle Woche einmal bei mir frühstückst. Dann wollen wir allemal lachen und plaudern wie heute.«

»Aber wird das auch deinem Manne recht sein?« fragte Marie.

»Meinem Manne! O, der bekümmert sich nicht um das, was ich thue. Es ist ihm dies ganz gleich. Denke Dir, daß ich ihn fast nur sehe, wenn wir ein Diner, oder eine Spielgesellschaft, oder einen Ball geben. Oft vergehen vierzehn Tage, ohne daß er einen Fuß in mein Boudoir setzt.«

Eben als Eulalia diese letzten Worte spricht, öffnet sich die Thür und Roberval tritt in das Boudoir seiner Gattin.

Die beiden Damen sind ganz überrascht, Eulalia aber fängt an zu lachen und ruft:

»Nun, das trifft sich in der That komisch. Eben sagte ich zu meiner Freundin, daß oft vierzehn Tage vergingen, ohne daß ich einen Besuch von Ihnen erhielte, mein Herr.«

Als der Geschäftsmann eine fremde Dame bei seiner Gattin sitzen sieht, verneigt er sich höflich gegen sie und murmelt:

»Entschuldigen Sie, Madame, wenn ich störe. Allerdings trifft es sich selten, daß ich am Tage Zeit habe, meine Frau zu besuchen. Heute wollte ich ihr blos melden, daß ich zehn Personen zum Diner eingeladen habe, damit sie demgemäß ihre Befehle ertheilen kann.«

»Schön! Ich freue mich über diesen Zufall. Marie, findest Du meinen Mann sehr verändert?«

»O nein — nicht viel — nur trägt Herr Roberval jetzt eine Brille, was früher nicht der Fall war — dies gibt dem Gesichte einen etwas anderen Ausdruck.«

»Und Sie, mein Herr, erkennen Sie Marie nicht wieder?«

»Nein, in der That nicht. Ich bemühe mich vergebens, mich der Züge dieser Dame zu entsinnen.«

»O, mich erkennen Sie ganz gewiß nicht wieder, mein Herr, denn ich habe mich sehr verändert. Uebrigens ist auch eine schöne Reihe von Jahren verflossen, seitdem Sie mich in Rouen gesehen haben. Damals war ich ein junges Mädchen, jetzt bin ich beinahe eine alte Frau.«

»Wirst Du wohl schweigen!« ruft Madame Roberval. »Wenn Du Dich so alt machst, so wird man glauben, daß ich es auch bin. Du siehst aber immer noch sehr wohl aus. Nur bist Du nicht mehr die kleine Modistin, sondern eine schöne Frau, denn Du bist noch größer und corpulent geworden. Ja, mein Herr, es ist Marie, meine intime Freundin, ehe wir verheiratet waren.«

»Wenn ich nicht irre, waren Sie damals Graveur, Herr Roberval?« bemerkt Marie.

»Ja wohl, er war weiter nichts als Graveur. Ja, als wir einander heirateten, waren wir nichts weniger als reich und ich hätte nicht geglaubt, daß ich je eine Equipage haben würde. Marie hat aber auch Glück gemacht. Sie besitzt jetzt ein sehr schönes Modenmagazin und meine Kundschaft wird ihr noch eine Menge andere zuführen.«

Seitdem Roberval weiß, wer diese Dame ist, die sich mit seiner Frau Du nennt; seitdem sie sich geäußert, daß sie ihn in Rouen als Graveur gekannt, haben das Gesicht und die Manieren dieses Herrn sich vollständig geändert. Sein Mund ist zusammengekniffen, seine liebenswürdige Miene ist verschwunden; er entgegnet der Modistin einige unzusammenhängende Worte, verneigt sich kurz gegen sie und verläßt das Zimmer, indem er in brüskem Tone zu seiner Gattin sagt:

»Also, Sie haben gehört, Madame — zehn Personen zum Diner; ertheilen Sie demgemäß Ihre Befehle.«

Als er das Zimmer verlassen hat, wendet Marie sich zu ihrer Freundin und sagt mit wehmüthigem Lächeln:

»Liebe Freundin, dein Mann ist nicht wie Du. Meine Gegenwart hier hat ihm mißfallen. Es ist ihm unlieb, eine Person wiedergesehen zu haben, die ihn gekannt hat, als er noch arm war.«

»Warum sagst Du das?«

»Ich sag' es, weil es so ist. Sei offen, Eulalie. Sahst Du vielleicht nicht auch die Miene, die er machte, als er uns verließ und die beinahe impertinente Weise, auf welche er von mir Abschied nahm?«

»Allerdings sah ich, daß er ernst geworden war, aber

dies ist mir im Grunde genommen ganz gleich. Wenn Du
etwa glaubst, daß mich dies abhalten wird, Dich zu besu=
chen, so irrst Du Dich. Der gute Mann soll mich nicht hin=
dern, zu thun, was mir beliebt, und wenn er so dumm ist,
sich nicht daran erinnern zu lassen, daß er arm gewesen, so
habe doch ich für meine Person keine Lust, ihm nachzuah=
men. Du bist meine Freundin, ich liebe Dich, ich werde
Dich stets gern bei mir sehen.«

»Liebe Eulalie, dein Herz hat sich nicht verändert.
Ja, wir werden einander sehen und sprechen, aber nicht hier.
Du kannst Dir denken, daß ich nicht Lust habe, mich hier
einer Impertinenz von Seiten deines Mannes auszusetzen.
Ich besitze nicht viel Geduld und würde so etwas nicht er=
tragen. Du wirst daher zu mir kommen, so oft Du Lust
hast. Ich habe hinter meinem Modenmagazin auch mein
kleines Boudoir und dort wird dein Mann sich nicht unter=
stehen uns zu stören, denn ich würde ihm sofort die Thür
weisen.«

„O sei unbesorgt; er wird nicht zu Dir kommen.“

Die beiden Freundinnen umarmen einander und tren=
nen sich mit dem Versprechen baldigen Wiedersehens.

Kaum ist die Modistin fünf Minuten fort, so erscheint
Roberval, der wahrscheinlich auf ihren Weggang gelauert
hat, abermals bei seiner Frau.

Er wirft sich in einen Lehnsessel und ruft aus:

»In der That, Madame, ich muß Sie ausschelten. Ich
begreife Ihre Handlungsweise nicht. Sie empfangen Ihre
Modistin zum Frühstück, Sie nennen sie Du, Sie dulden,
daß sie dasselbe mit Ihnen thue. Das heißt alle Gebote
des Anstandes aus den Augen setzen. Behaupten Sie Ihren

Rang ein wenig besser, Madame, Sie haben ein Hotel, Sie haben Equipage und Dienerschaft. Wenn man aber alles dies hat, Madame, so läßt man sich nicht von seiner Modistin dutzen und ladet sie noch viel weniger zum Frühstück ein."

Eulalia zuckt die Schultern, sieht ihren Gatten an und antwortet:

"Wissen Sie, mein Herr, daß Sie mit Ihrem Zorne mein Mitleid erregen? Marie ist eine alte Freundin und ich verläugne meine Freunde nicht. Sie hat mich arm gesehen, heute findet sie mich reich wieder. Und Sie verlangen, daß ich deswegen stolz auf sie herabblicke? Ach, lieber Gott, mein hoher Rang gleicht dem Ihrigen; er datirt nicht aus der Zeit der Kreuzzüge. Sie ärgern sich blos, daß Jemand Sie gekannt hat, als Sie noch ein kleiner, unbedeutender Graveur waren."

"Ja, Madame, ja, weil mir dies in meinen Geschäften Schaden bringen kann. Sie verstehen das nicht; Sie wissen das nicht, daß man den Leuten Sand in die Augen streuen muß. Die Welt will es einmal so."

"Ich weiß weiter nichts, mein Herr, als daß Marie meine alte Freundin ist, daß ich mich freue, sie wiedergefunden zu haben und daß ich sie stets sehen und sprechen werde."

"Und wenn ich es Ihnen nun verböte, Madame?"

"Dann würde ich Ihnen nicht gehorchen. Was fällt Ihnen übrigens heute auf einmal ein, daß Sie sich auf diese Weise in meine Angelegenheiten, in meine Bekanntschaften mischen? Mische ich mich vielleicht in die Ihrigen? Und dennoch hätte ich weit mehr Recht dazu, denn Ihr Thun und

Treiben ist ein verstecktes und geheimnißvolles. Sie haben auf unserem Landgute in Ville d'Avray einen kleinen Pavillon bauen lassen, welchen nur Sie betreten, ohne mir zu gestatten, auch nur einen Blick hineinzuwerfen. Was verbergen Sie denn in diesem Pavillon, zu dem Sie allein den Schlüssel haben — vielleicht eine Dame — ein Liebchen? O, Sie wären dazu wohl fähig!«

So oft Eulalia den kleinen Pavillon erwähnte, der am Ende des Gartens ihres Landhauses erbaut worden, ward Roberval allemal sehr bleich und beeilte sich, das Gespräch auf etwas Anderes zu bringen. Auch diesmal erhebt er sich rasch und murmelt:

»Madame — meine Papiere und Rechnungen, meine Cassabücher gehören nicht in Ihr Departement, und ich habe nicht nöthig, Sie davon Einsicht nehmen zu lassen. Ich habe Ihnen gesagt, was ich von Ihrer Modistin denke, und hoffe sie nicht wieder sich hier breit machen zu sehen.«

Roberval verläßt das Zimmer, seine Gattin tritt vor einen Spiegel, betrachtet sich darin und sagt:

»Ah, Sie wollen den Tyrannen spielen, mein Herr. Das ist ein Einfall, auf welchen Sie ein wenig spät kommen. Zum Glück ist das, was Sie sagen, gerade so gut, als ob Sie es nicht sagten.«

An diesem selben Tage gab der glückliche Geschäftsmann ein großes Diner und am Abende war zahlreiche Gesellschaft in seinen Salons.

Unter den gewöhnlichen Gästen bemerkte man den Bankier Rigoulotini und seine hochadelige Gemalin.

Der Chevalier von Merillac war auch da. Er kam jetzt blos noch dann und wann zu Roberval, denn die Ver-

änderung, die in seinen Vermögensumständen vorgegangen
war, erlaubte ihm, in die glänzenden Cirkel zurückzukehren,
die er lange nicht besucht, obschon er deswegen nicht ganz
aufhören wollte sich in den Häusern einzufinden, wo er
gute Aufnahme zu einer Zeit gefunden, als er sich armselig
behelfen mußte.

Seitdem der Graf von Germancey ihm die geheime
Liebesgeschichte seines Bruders mit Fräulein von Hautefu=
taie erzählt, konnte der Chevalier sich, so oft er mit Ma=
dame Rigoulotini zusammentraf, eines Lächelns nicht ent=
halten. Man kann sich aber leicht denken, daß die Wirkung
seiner Erinnerung sich nicht weiter erstreckte. Er war zu
discret und zu gebildet, als daß er sich das geringste Wort
erlaubt hätte, welches für eine Anspielung auf das ihm
anvertraute Geheimniß hätte gelten können.

Die Gemalin des Millionärs brachte das Lächeln des
Chevaliers daher nur auf Rechnung des Vergnügens,
welches er empfände, einer Person von seinem Stande zu
begegnen.

Madame Rigoulotini konnte sechs= bis siebenundfünf=
zig Jahre zählen, aber sie war immer noch eine sehr schöne
Frau. Ihre Züge waren edel und regelmäßig, sie hielt sich
sehr gerade, ihre Tournüre war aber ein wenig steif und die
stolze Miene, die sie fortwährend zeigte, machte Nieman=
den sonderlich Muth, sich ihr zu nähern.

Bei Roberval ward viel gespielt. Der Bouillottetisch
stand in großer Gunst, das Boston ward auch Mode, vor
Kurzem war auch das Ecarté zum Vorschein gekommen
und man hatte sogleich großen Geschmack daran gefun=
den, besonders da Jedermann es mehr oder weniger gut

zu spielen verstand und die Gauner dabei Gelegenheit fanden, ihre kleinen Talente in Anwendung zu bringen.

Merillac hatte sich so eben mit dem Herrn des Hauses an den Ecartétisch gesetzt. Während des Spieles plauderten sie mit einander, denn sie verwendeten keine sonderliche Aufmerksamkeit auf das Spiel selbst und Roberval verlor einige Louisd'or mit dem kalten Blute und der Gleichgiltigkeit eines Mannes, der gegen einen solchen Verlust vollständig unempfindlich ist.

Während sie so spielten, sagte der Chevalier zu seinem Gegner:

»Ohne Zweifel sind Sie kürzlich von einer Reise wieder zurückgekehrt, Herr Roberval, denn Sie sind ein famoser Tourist, der fast ununterbrochen geht und kommt.«

»Allerdings bin ich erst seit sechs Tagen von Marseille zurück.«

»Ah, Sie waren in Marseille. Diese Stadt kenne ich noch nicht. Man sagt, es herrsche dort viel Leben und Verkehr.«

»Ja, Marseille ist eine Stadt, wo man sich ganz leidlich amüsiren kann. Es wird dort viel gespielt. Die Seeleute, von welchen es in dieser Stadt wimmelt, sind fast alle leidenschaftliche Spieler und spielen nicht etwa wie wir blos um des Zeitvertreibes willen.«

»Waren Sie lange dort?«

»Nein; in Marseille selbst nur vier Tage.«

Der Millionär Rigoulotini, der in diesem Augenblicke in die Nähe des Ecartétisches kommt, bleibt plötzlich stehen und sagt zu Roberval:

»Ah, Sie kommen von Marseille, lieber Freund!

Ich war auch dort. Erst vorgestern langte ich wieder in
Paris an. Ich wäre dort beinahe tüchtig angeführt worden. Gehen Sie mir mit Ihrem Marseille! Wer weiß,
ob Sie nicht auch betrogen worden sind, und zwar ohne
daß Sie es ahnen.«

»Ich — betrogen — wie so? Was wollen Sie damit sagen?«

»Haben Sie vielleicht dort Tausendfrancsbillets in
Zahlung erhalten?«

»Tausendfrancsbillets? — Nein, durchaus nicht —
ich hatte dort keine Zahlungen zu erheben.«

»Da können Sie von Glück sagen.«

»Warum?«

»Weil in Marseille eine große Masse falscher Bankbillets circulirt. Ich selbst bekam deren drei. In Folge
eines glücklichen Zufalles kam ich, als ich sie in meine
Brieftasche legte und fand, daß sie ganz neu waren, auf
den Gedanken, sie mit anderen Tausendfrancsbillets zu ver-
gleichen, die ich schon bei mir trug, und denken Sie sich!
ich bemerke sofort, daß die neuen Billets ganz genau dieselben Nummern trugen wie die, welche ich schon besaß.
Zum Teufel, sagte ich bei mir selbst, das geht nicht mit
rechten Dingen zu. Ich eile zu einem Bankier der Stadt.
Er hatte auch mehrere solche neue Billets bekommen; er
läßt einen Sachverständigen rufen, man untersucht die
Billets näher und überzeugt sich, daß dieselben falsch sind.
Natürlich trug ich die meinigen schnell wieder zu Dem, der
mir sie als Zahlung gegeben. Das Schlimmste dabei aber
ist, daß nun alle Geschäftsleute der Stadt ihre Kasse revi-
dirt und daß sich bei vielen solche falsche Billets vorgefun-

den haben. Man ist ganz wüthend darüber. Wie soll man aber nun ermitteln, durch wen diese falschen Bankbillets eingeschmuggelt worden sind? Es ist dies sehr schwer in einer Hafenstadt, wo jeden Tag Leute aus allen Welttheilen ankommen. Ich bin nur froh, daß ich noch so weggekommen bin. Ha, die Falschmünzer! Das sind Leute, die ich mit Vergnügen am Galgen sähe, denn sie sind hundertmal schlimmer als Räuber. Diese riskiren wenigstens noch die eigene Haut, wenn sie dem Wanderer die Börse abnehmen; der Falschmünzer aber arbeitet ganz still und gemüthlich in seiner sichern Wohnung im Dunkel und Geheimniß, dann aber stürzt er den Handel und die Gesellschaft um und vernichtet das Vertrauen, welches gleichwohl die Basis von Allem ist.«

Roberval hatte kein Wort entgegnet, war aber todtenbleich geworden. Der blos mit seinem Spiel beschäftigte Chevalier achtet nicht auf die Veränderung in den Zügen seines Gegners; er muß Karte geben und sagt, nachdem er sie gemischt:

»Heben Sie doch ab!«

Roberval streckt die Hand aus, um abzuheben, diese Hand zittert aber so sehr, daß er kaum die Karten fassen kann.

Merillac wird von diesem Wechsel im Normalzustand seines Mitspielers betroffen gemacht. Er bemerkt die zitternde Hand und sagt bei sich selbst:

»Das ist sehr eigenthümlich.«

## Viertes Capitel.

## Turlure's Beruf.

Seitdem Florentine ihren Handel aufgegeben, hat sie eine kleine hübsche Wohnung auf dem Boulevard du Temple in einem großen, ihrem frühern Verkaufsstand beinahe ge= genüberliegenden Hause gemiethet, nicht weit von dem soge= nannten türkischen Garten, einem neuen Café, welches den Gästen seine Boskets öffnet, unter welchen Tische aufge= stellt sind.

Auf dieser Seite des Boulevard findet sich überdies des Abends eine ziemlich zahlreiche Gesellschaft zusammen. Die Bewohner des Marais nehmen Platz auf Stühlen, welche vor der Mauer stehen, die den türkischen Garten ein= schließt.

Dieser Ort ist ein Ziel für den Spaziergang und oft für gesellige Zusammenkunft geworden. Die hübschen Frauen des Marais — und der Marais hat auch seine hüb= schen Frauen wie jeder andere Stadttheil — die hübschen Frauen zeigen hier ihre Toilette, die neue Façon ihres Hu= tes oder den sonderbaren Schnitt ihres Kleides. Die Müt= ter führen ihre Töchter hierher spazieren, um, wie einige böse Zungen behaupten, sie »sehen zu lassen«. Allerdings könnte man auch aus der Art, auf welche gewisse Mütter ihre Töchter sich hier niedersetzen lassen, und wie sie diesel= ben fortwährend ermahnen, sich gerade zu halten, die Au= gen niederzuschlagen, wenn man sie ansieht, und niemals unter einander zu lachen oder zu flüstern, schließen, es sei wirklich eine Waare, welche sie hier zur Schau zu stellen beabsichtigten, die man sich aber nicht erlauben darf, zu berühren, noch auch allzunahe zu betrachten.

Alle Vorsichtsmaßregeln der Mütter des Marais hielten jedoch die jungen Männer nicht ab, diejenigen jungen Damen, bei welchen es der Mühe verlohnte, zu lorgnettiren. Einige trieben die Keckheit sogar so weit, daß sie sich neben die betreffende junge Dame setzten, die dann erröthete, und den Kopf nicht mehr zu bewegen wagte, um nicht von ihrer Mama ausgescholten zu werden.

Jeder Stadttheil hat seine besonderen Sitten und Gebräuche. Auf dem Boulevard des Italiens, welcher von den Bewohnern der Chaussée d'Antin besucht ward, herrschte weit mehr Freiheit der Conversation. Man sah dort sehr elegante Damen, aber die Gesellschaft war gemischter. Man hielt sich weit weniger steif als im Marais, zuweilen kamen aber auch etwas riskirte Scenen vor, welche Streitigkeiten und Duelle zur Folge hatten.

Im Ganzen genommen gab man sich Rendezvous dort so gut als hier, trotz aller eifersüchtigen Liebhaber oder argusäugigen Mütter.

Die Promenade des Boulevard des Italiens hatte nach der zweiten Rückkehr Ludwigs des Achtzehnten den Namen Boulevard de Gand angenommen, die des Boulevard du Temple führte im Allgemeinen den Namen des Gartens, an welchem sie vorbeiführte, denn man muß sich stets an etwas Zeitgemäßes oder was gerade Mode ist, halten, und man sagte daher:

„Heute gehen wir auf dem Boulevard Turc spazieren."

Der Boulevard du Temple war sonach auf der den Theatern entgegengesetzten Seite von Paphos bis zur Rue Charlot der Boulevard Turc geworden.

Auf diesem Theile des Boulevard wohnte Florentine, weil man von ihren Fenstern, die sich in der dritten Etage befanden, die vollständige Aussicht auf den Platz hatte, den sie so lange eingenommen — den Platz, wo sie als Kind gespielt, den Platz, wo sie zum ersten Male die Worte der Liebe gehört und ihr Herz höher schlagen gefühlt, mit einem Worte den Platz, wo sie mit ihrem Verführer Bekanntschaft gemacht.

Glaubst Du, lieber Leser, daß man dies Alles mit Gleichgiltigkeit sehen könne? Nein, Du glaubst es nicht, und wenn Du es glaubst, so würde mir das einen traurigen Begriff von deinem Herzen geben.

Florentine saß gewöhnlich an einem der Fenster, die auf den Boulevard gingen. Von hier aus sah sie, während sie zugleich ihrer Arbeit oblag, die Verkaufsstände Turs= lure's und der Ronflard. Sie sah, wie die Leute vorüber= gingen, und wenn ein Mann stehen blieb oder Jemanden an ihrem ehemaligen Platze zu suchen schien, so folgte sie ihm mit den Augen, bis er gänzlich ihrem Gesichte entschwand.

Sie betrachtete einen solchen Mann allemal mit Auf= merksamkeit; sie beobachtete seine Haltung und seine gering= sten Geberden, und sobald sie einige Züge, einige Aehn= lichkeit mit dem Vater ihrer Tochter in ihm zu finden glaubte, warf sie augenblicklich ihre Arbeit auf die Seite, eilte rasch die Treppe hinunter auf den Boulevard, lief dem Manne, den sie bemerkt, nach, und blieb dann, nachdem sie ihn überholt, stehen.

Wenn sie dann einsah, daß sie sich geirrt, schlug sie traurig die Augen nieder, und kehrte in ihre Wohnung zurück, indem sie bei sich sagte:

»Ach, der Graf von Germancey hat Recht. Ich werde ihn niemals wieder sehen.«

Noch jung und schön, denn sie zählte jetzt erst zwei= unddreißig Jahre, kannte sie kein anderes Glück als ihre Tochter.

Honorine war 1814 in ein Pensionat eingetreten, hatte aber in drei Jahren so gut gelernt und so fleißig stu= dirt, daß sie mehr Kenntnisse besaß als viele andere junge Mädchen, welche acht oder zehn Jahre in ihrem Pensionate zugebracht haben.

Ihre Mutter hatte sie nun gefragt, ob sie sich wohl entschließen könnte, ihre Spiel= und Studiengenossinnen zu verlassen, um wieder bei ihr zu wohnen.

Honorine hatte sich sofort ihrer Mutter in die Arme geworfen und ausgerufen:

»Mein größtes Glück ist, bei Dir zu sein, Dich nicht mehr zu verlassen. Ach, nach der Pension werde ich mich nicht zurücksehnen. Allerdings habe ich vielleicht noch nicht genug gelernt, aber es hindert mich ja nichts, meine Stu= dien fortzusetzen, wenn ich bei Dir bin. Du liebst die Musik, ich werde mein Piano nicht vernachlässigen. Im Gegen= theil, ich gedenke auf diesem Instrument eine bedeutende Fertigkeit zu erlangen. Du sollst sehen, daß Du nicht bereuen wirst, mich wieder zu Dir genommen zu haben.«

In Folge dieser Unterredung hatte Florentine sich zu der Directrice des Pensionats begeben, um sie zu bezahlen und ihr zu melden, daß sie ihre Tochter wieder nach Hause nehmen werde.

Die Directrice suchte natürlich ihre Schülerin zu behalten und sagte zu der Mutter:

»Daran thun Sie sehr unrecht, Madame. Ihre Tochter hat die glücklichsten Anlagen. Sie versteht vollkommen Alles, was man sie lehrt, aber ihre Ausbildung ist noch nicht beendet und Sie nehmen sie gerade in dem interessantesten Augenblick ihrer Studien von denselben hinweg.«

»Ich finde,« antwortete Florentine, »daß meine Tochter für die Stellung, welche sie einmal in der Welt einnehmen wird, genug weiß. Uebrigens, Madame, liegt, wie ich Ihnen gestehen muß, mir gar nicht so viel daran, daß meine Tochter so gelehrt werde. Ich habe immer sagen hören, daß die gelehrten Damen in der Welt Pedantinnen sind und sich schämen, einen Topf an's Feuer zu setzen oder sich ein Kleid auszubessern. Ich finde meine Tochter, so wie sie ist, ganz gut und dies genügt mir.«

Die Directrice des Erziehungsinstituts verzog das Gesicht. Florentine machte ihr Abschiedscompliment und kehrte nach Hause zurück, hocherfreut, diesmal ihre Tochter mitnehmen zu können, welche noch nicht ganz fünfzehn Jahre alt war, aber deren schon siebzehn zu zählen schien, so schlank und hoch war ihr Wuchs, so anmuthig ihre Haltung und so liebenswürdig und geistreich der Ausdruck ihrer Gesichtszüge, welche durchaus nicht mehr die eines Kindes waren.

Honorine befindet sich also jetzt bei ihrer Mutter in der kleinen hübschen Wohnung auf dem Boulevard Turc.

Florentine sieht jetzt etwas weniger oft zum Fenster hinaus, denn sie fühlt sich glücklich, wenn sie ihre Tochter betrachtet, die den Blick der Mutter stets durch ein sanftes Lächeln erwiedert.

Der Graf von Germancey machte allerdings ein etwas finsteres Gesicht, als er eines Tages seine Pathe wieder bei ihrer Mutter fand, und rief:

»Wie! hat Honorine ihre Pension schon wieder verlassen?«

»Ja, Herr Graf.«

»Auf immer?«

»Ja wohl, Herr Graf; ich will mich nun nicht mehr von meiner Tochter trennen.«

»Aber ihre Ausbildung ist noch nicht beendet.«

»O, Herr Graf, sie wird auch bei mir noch studiren, das heißt nicht, als ob ich ihre Studien leiten könnte, im Gegentheil meine Tochter wird mich unterrichten und mir seine Manieren lehren. Ich hörte einmal einen Herrn, welcher Bücher schreibt, sagen, das, was man sich die Mühe nähme, selbst zu lernen, sei allemal das, was man am besten lernt. In der Musik ist Honorine schon sehr weit. Sie kann sich auf ihrem Piano eben so gut üben als in der Pension und überdies fühlen wir uns beide glücklicher, wenn wir beisammen sein können und einander nicht wieder zu verlassen brauchen. Ist das nicht auch schon etwas, Herr Graf?«

Dieser letzte Grund war ein schlagender. Der Graf lächelte und antwortete:

»Sie haben allerdings Recht. Das Glück, welches man besitzt, ist sicherer als die schönen Träume, welchen man sich in Bezug auf die Zukunft hingibt.«

Er küßte Honorine, welche ihm in's Ohr flüsterte:

»Ich werde bei meiner Mutter sehr fleißig studiren und Sie sollen zufrieden mit mir sein, Herr Pathe.«

Diese Worte wurden mit so viel Seele und Gefühl gesprochen, die Augen des jungen Mädchens verriethen so deutlich die Zärtlichkeit, die sie für ihre Mutter empfand, und die beinahe kindliche Ehrerbietung, die sie für den Grafen hegte, daß dieser davon auf das Lebhafteste gerührt ward.

Wenn man alt ist, geschieht es so selten, daß man noch geliebt wird, und man ist daher denen, welche uns eine aufrichtige Zuneigung beweisen, doppelt dankbar.

Kaum waren vierzehn Tage vergangen, seitdem Honorine wieder bei ihrer Mutter wohnte, und diese Tage waren Florentinen und ihrer Tochter rasch verstrichen, als eines Morgens an ihrer Thür geklingelt ward und unmittelbar darauf Turlure hereintrat.

Die kleine Blondine ist etwas corpulent geworden, und hat dadurch die Frische ihres Teints bewahrt.

Sie ist immer noch so heiter und munter wie je.

Singend tritt sie bei ihrer Freundin ein und stößt dann einen Ruf der Ueberraschung aus, als sie Honorine erblickt, die vor einem sehr schönen Piano sitzt, welches ihr Pathe ihr zum Geschenk gemacht hat.

»Was sehe ich! Meine Pathe ist hier! Das nenne ich Glück., Ich habe es gut getroffen!«

Und Turlure eilt auf Honorine zu, um sie zu küssen, während Florentine zu ihr sagt:

»Du thust immer wohl daran, uns zu besuchen, künftig aber wirst Du, mögest Du kommen, wenn Du willst, Ho-

norine stets hier finden. Ich habe sie wieder zu mir genommen, sie verläßt mich nun nicht wieder.«

»Ah, dann hat sie also die Pension quittirt? Um so
besser. Du hast wohl daran gethan. Braucht ein Mädchen
zu studiren wie ein Advocat? Wozu? Advocatin kann sie
doch nicht werden. Honorine ist groß und hübsch — ich bin
in meinem Leben nicht so hübsch gewesen — und sie spielt
Piano wie ein geborener Virtuos.«

»Ich übe mich erst noch,« entgegnete Honorine. »Sehen Sie nur, liebe Pathe, das schöne Piano, welches mir
mein Herr Pathe gegeben hat.«

»Ja, das ist ein famoses Prachtstück. Diese Vergol-
dung! diese Schnitzerei! Du kannst froh sein, daß Du einen
solchen Herrn Pathen hast, denn die Frau Pathe vermag
es ihm in dieser Beziehung nicht gleich zu thun.«

»Ach, liebe Pathe, Sie sind ja auch stets so freundlich gegen mich, und ich habe Sie ebenfalls vom Herzen
lieb.«

»Ich danke Dir, mein Kind, die Geschenke aber,
welche ich Dir mache, wirst Du keine große Mühe haben
zu tragen.«

»Aber wer verlangt denn Geschenke von Dir, Turlure?« mischt Florentine sich ein. »Was schwatzest Du da?
Bedarf meine Tochter wohl Geschenke, um Dich zu lieben?«

»Du hast Recht; ich sagte dies auch blos, um eine
Albernheit zu sagen. Ich habe aber noch etwas ganz Anderes zu erzählen. Hast Du nicht schon bemerkt, Florentine, daß ich seit einigen Tagen nicht mehr auf dem Boulevard verkaufe?«

»Das habe ich allerdings bemerkt, und bin deshalb

schon unruhig gewesen, weil ich glaubte, Du wärest krank. Heute hätte ich mich erkundigt.«

»Nein, nein; krank bin ich, Gott sei Dank, nicht, sondern befinde mich äußerst wohl, wie Madame Saqui. Die hat Talent, und macht von sich reden. Ihr Café »zum Apollo« ist stets voll. Man spielt dort kleine Vaudevilles, tanzt auf dem Seile und trinkt Punsch. Siehst Du, Flo= rent·ne, dies verdreht mir den Kopf. Ich sage meinem Handel Lebewohl, denn damit würde ich nie so viel ver= dienen, als ich brauche, um mir eine Commode von Acajou= holz zu kaufen. Als Du dein Geschäft aufgabst, wollte ich Orangen verkaufen, aber es ging nicht. Uebrigens ist es auch damit aus. Das Theater verfolgt mich, ich träume davon. Es ist mein Beruf. Wer weiß? Vielleicht werde ich auf diesem Wege eben so berühmt wie Mamsell Lévèque oder Mamsell Adele Dupuis — kurz, die Sache ist entschie= den. Ich sage den Orangen und den Gerstenzuckerstengeln Lebewohl und gehe zum Theater.«

»Du willst auf dem Seile tanzen?«

»Ach lieber gar! Wie kannst Du so etwas Albernes sagen! Ich spiele mit im Melodrame. Weiter nichts!«

»Ist das wirklich dein Ernst, Turlure? Wer hat Dir denn diesen thörichten Gedanken in den Kopf gesetzt?«

»Ich habe dazu Niemand bedurft. Der Gedanke ist mir ganz von selbst gekommen und ich sehe durchaus nicht, daß es ein gar so thörichter sei.«

»Aber in deinem Alter! Du zählst nicht mehr acht= zehn Jahre.«

»Aber auch noch nicht ganz dreißig. Auf dem Theater versteckt man sein Alter so lange man will. Ich bin blond,

rofig, frifch, corpulent, ich werde auf der Bühne ausfehen,
als zählte ich erft fechzehn Jahre. Ich kann die jugendlichen
Liebhaberinnen wenigftens noch fünfzehn Jahre lang fpielen.«

»Wer hat Dir denn das gefagt?«

»Niemand anders als Herr Casnage, ein fehr lie=
benswürdiger junger Schaufpieler vom Theater Gaîté.
Er findet, daß ich bedeutendes Talent habe, und hat mir
verfprochen, fich für mich zu verwenden. Herr Dumenis hat
mir dasfelbe verfprochen. Ich kann fonach gar nicht verfeh=
len, mein Glück zu machen. In Folge der Fürfprache diefer
Herren bin ich auch fchon bis zum Generalregiffeur des
Ambigu gedrungen, einem Herrn, der einen Klumpfuß hat,
was ihn aber nicht abhält, die Schaufpieler zu lehren, wie
man auf dem Theater gehen muß Als er mich fah, lachte
er. Dies ift ein gutes Zeichen und er trug mir auf, die
Rolle der Frau mit zwei Männern zu ftudiren. Ich wollte
fie auch ftudiren, aber fie ift für mich zu lang und übrigens
fagte auch Herr Casnage zu mir: Diefe Rolle paßt nicht
für Sie. Ihr Naturell eignet fich mehr für heitere Rollen,
denn Thränen werden Sie niemals den Zufchauern entlo=
cken. Sie müffen deshalb mit einer kleinen komifchen Rolle
debutiren. Ach, wenn der ehemalige Director des Ambigu
comique, Herr Corffe, noch lebte! Ich bin feft überzeugt,
daß diefer mich fofort engagirt hätte.«

»Warum glaubft Du das?«

»Nun, fieh, eines Tages — ich handelte damals mit
Blumenfträußchen — kaufte er mir eins ab und ich fagte zu
ihm: ›Nehmen Sie meine ganze Bude, mein Herr. Es
macht mir fo viel Vergnügen, Sie fpielen zu fehen, daß ich
Ihnen niemals Blumen genug anzubieten haben werde, um

Ihnen das Vergnügen zu vergelten, welches Sie mir berei=
tet haben. Dieses Compliment schmeichelte ihm; er strei=
chelte mir das Kinn und sagte: Ich danke Ihnen, mein
Kind. Ihr Lob gefällt mir besser als das eines Journals.
Der arme gute Mann! Voriges Jahr starb er. Er besaß
Vermögen, Talent und Geist und wenn man bedenkt, daß
alles dies den Menschen doch nicht vom Tode retten kann!
Freilich werdet Ihr sagen: Wenn man mit allen diesen
Vorzügen auch noch länger lebte als andere Leute, so
wäre dies für die Dummköpfe allzu ärgerlich.«

»Aber wie steht es mit Boursiquet? Du sprichst ja
gar nicht von Boursiquet, diesem wackern Jungen, der Dich
aufrichtig liebt und nichts inniger wünscht, als Dich heira=
ten zu können. Er wird einmal ein Café bewirthschaften
und Dich dann hinter den Zahltisch stellen. Das wäre für
Dich ein ganz angenehmer Platz.«

»Ach, Boursiquet langweilt mich. Er ist ein ganz
guter Junge, das gebe ich gern zu, ich liebe aber einmal
nur Künstler — Leute von Geist. — Boursiquet ist Café=
kellner. Wann wird er wohl eines selbst besitzen? In zehn
Jahren vielleicht! So lange habe ich nicht Lust zu warten.
Uebrigens, Kinder, wenn man einen Beruf in sich fühlt, so
ist dieser stärker als der Wille. Man kann ihm nicht wi=
derstehen. Ich muß zum Theater.«

»Dann hättest Du schon eher dazugehen sollen.«

»Das ist wohl möglich, aber spät ist noch immer bes=
ser als nie. Herr Dumenis wollte mich in dem Apollocafé
auftreten lassen, wo man Vaudevilles aufführt, in welchen
nur zwei Personen vorkommen, die aber so viel Spectakel
machen wie vier. Ich entgegnete: »Nein, ein Theater, wo

die Zuschauer ihre Tasse trinken, ist kein wirkliches Theater. Ich will mich nicht der Gefahr aussetzen, daß ein Gassen= bube, während ich eine Tirade loslasse, mit einem faulen Apfel nach mir werfe.« Herr Casnage hat mir gesagt, ich hätte Recht. Er hat mir eine ganz kleine Rolle in einem ganz großen Melodrama einstudirt. Ich habe blos einige Worte zu sprechen, aber ich soll mich vor allen Dingen erst an's Theater gewöhnen, damit ich mich mit Anmuth darauf bewegen lerne. Ich habe die Rolle gelernt. Ich habe eine junge Bäuerin zu geben, welche im Dienste eines Schlosses, bei einer Gräfin steht —«

„Was schwatzest Du da?«

»Ich hatte mich versprochen, ich meine im Dienste einer Gräfin in einem Schlosse. Die Gräfin erwartet mit Ungeduld die Rückkehr ihres Gemals, der in den Krieg gezogen ist, und das Landmädchen kommt in großer Auf= regung herbeigeeilt und sagt: — Wartet einmal, Kinder — ich will thun, als ob ich jetzt die Rolle spielte; Ihr wer= det sehen, welches Feuer ich dareinzulegen weiß. — Wir wollen annehmen, hier wäre ein Palast; ich trete ein, ich stoße sämmtliche Diener, welche die Gräfin umgeben, auf die Seite —«

Turlure verläßt das Zimmer, in welchem Florentine und ihre Tochter sich befinden, kommt dann schnell wieder hereingestürzt, wirft einen Stuhl um, stößt einen Tisch, der ihr im Wege steht, auf die Seite, so daß zwei darauf= stehende Tassen herunterfallen, und ruft so laut sie kann in einem Athem:

»Frau Gräfin! Frau Gräfin! Ich bringe eine frohe

Nachricht! Ein Cavalier zu Pferde kommt die Allee herauf
— es ist unser guter gnädiger Herr.‹

»Und das ist Alles, was Du zu sagen hast?« fragt
Florentine, während ihre Tochter den Stuhl und die Scher=
ben der zerbrochenen Tassen aufhebt.

»Nun, ich dächte doch, es wäre genug.«

»Aber das ist ja ein bloße Statistenrolle.«

»Nun, ich soll mich ja auch erst an die Bühne ge=
wöhnen.«

»Wirst Du dann auch beim Auftreten Stühle und
Tassen umwerfen wie hier?«

»Ach nein! Ich werde blos Alles auf die Seite sto=
ßen, was mir im Wege steht. Ich wollte Euch blos eine
Idee von meinem Auftreten geben. Soll ich es noch einmal
machen?«

»O nein, es verlohnt nicht der Mühe.«

»Habe ich meine Rolle gut gesprochen?‹

»Ich finde nur, daß Du Alles so schnell sprichst, daß
man kaum weiß, was Du willst.«

„So muß es auch sein. Herr Casnage hat es mir so
einstudirt. »Nur Feuer, Feuer,« sagt er. „Auf dem Theater
kann man dessen nie zu viel haben!«

»Und wann wirst Du mit dieser schönen Rolle auf=
treten?«

»Heute Abend, liebe Freundin; schon heute Abend,
und ich komme ausdrücklich, um es Dir zu melden, weil ich
hoffe, daß Du auch da sein wirst, um mein Talent zu beur=
theilen. Ich freue mich, daß meine Pathe auch da ist, denn
Du wirst sie jedenfalls mitbringen. Sie wird mich spielen

fehen; es ist dies eine Gelegenheit, die Ihr Euch nicht ent=
gehen laſſen dürft.«

Florentine ſcheint nachzudenken. Honorine betrachtet
ihre Mutter und man ſieht, daß ſie mit Ungeduld die Ant=
wort derſelben erwartet.

»Meine Tochter iſt noch nie im Theater geweſen,«
ſagte endlich die junge Mutter, »und ihr Pathe hat mir ge=
rathen, zu warten, bis ſie ein wenig älter iſt, ehe ich ſie da=
hinführe.«

»Aelter! Wozu denn? Iſt ſie vielleicht nicht groß und
verſtändig genug, um zu beurtheilen, was ſie ſieht? Sie iſt
nun bald fünfzehn Jahre alt, ſieht aber aus wie achtzehn. Nach
meiner Anſicht muß ſie jetzt oder niemals ins Theater ge=
führt werden. Ich für meine Perſon bin ſchon von meinem
zweiten Jahr an hineingegangen und habe mir die Scenen,
wo gegeſſen ward, trefflich gemerkt. Sag' einmal ſelbſt, Ho=
norine, wird es Dir nicht Vergnügen machen, in's Theater
zu gehen und mich ein Landmädchen ſpielen zu ſehen?«

»Ach ja, aber Mama muß auch erſt damit einverſtan=
den ſein.«

»Und Du ſpielſt auf dem Gaîté=Theater?«

»Ja, in der Gaîté. Dort, gleich gegenüber von hier. Der
Weg bis dahin wird Dich nicht ermüden. Wenn Du Ma=
dame Saqui wäreſt, ſo gingeſt Du auf einem Seile hinüber.
Uebrigens iſt das Theater Gaîté jetzt im Innern ſehr ſchön
und nicht mehr eine Art Scheune wie früher. Es iſt ſehr
hübſch eingerichtet. Auf der erſten Gallerie werdet Ihr ſein
wie zu Hauſe.«

»Wird es Dir wirklich Vergnügen machen, Honorine,
in's Theater zu gehen?« fragte die Mutter.

»Ach ja, Mama, besonders wenn ich mit Dir gehen kann.«

»Nun gut, dann wollen wir Turlure debutiren sehen.«

»Bravo, das nenne ich gut gesprochen! Ich hätte mich nicht zufriedengeben können, wenn Ihr meinem ersten Auftreten nicht beigewohnt hättet. Nun muß ich aber machen, daß ich fortkomme, denn ich habe noch an meinem Costüm zu thun.

»Bekommst Du dieses nicht vom Theater geliefert?«

»Allerdings, aber man bekommt da nicht immer Sachen von der ersten Frische und ich möchte mich gern recht schön machen. Ich werde mir ein Häubchen fertigen, welches Euch gewiß gefallen wird. Also, Kinder, findet Euch möglichst zeitig ein, damit Ihr einen guten Platz bekommt.«

»Was wird denn gegeben?«

»Erst zwei kleine einactige Vaudevilles und dann das große Melodrama, in welchem ich spiele. Ich trete aber blos im ersten Act auf. Ach, mein Gott, wie lang wird mir noch die Zeit werden, bis es Abend wird! Heute soll ich also auf einem wirklichen Theater spielen. Es gibt Augenblicke, wo ich zu träumen glaube. Es ist die höchste Zeit, daß es ein Ende nimmt. Ich schlafe nicht mehr, ich esse nicht mehr, ich denke nur an meine Rolle: Frau Gräfin, ich bringe eine frohe Nachricht — Frau Gräfin —«

»Hast Du denn aber wenigstens Bourfiquet ein Billet gegeben, damit er Dich auch spielen sehen kann?«

»Ach nein, das habe ich vergessen; er weiß aber, daß ich auftrete. Der ganze Boulevard weiß es, alle Welt spricht davon, wie sollte er es nicht wissen? Ich bin überzeugt, daß er kommen wird. — Frau Gräfin — es ist unser guter, gnädiger Herr! — ich bringe eine frohe Nachricht — zu Pferde die Allee herauf!« — O, ich weiß meine Rolle. Ich weiß sie nur zu gut, ich habe sie immer im Kopfe. Ich kann gar nicht weiter sprechen. Eben war ich bei der Schnitthändlerin und sagte: Frau Gräfin, geben Sie mir ein rosenfarbenes Band in der Allee — zwei Ellen — eine frohe Nachricht — sie lachte mir geradezu in's Gesicht. Auf Wiedersehen, Florentine! Umarme mich, meine kleine Pathe — auf baldiges Wiedersehen, liebe Kinder!«

Und Turlure verläßt rasch die Zimmer und eilt die Treppe hinunter, indem sie fortwährend ruft: »Eine frohe Nachricht, Frau Gräfin! Eine frohe Nachricht.«

Sie sagt dies so laut, daß der Portier aus seiner Loge herauskommt und mehrere Miethbewohner mit den Köpfen zu den Fenstern hinausfahren.

## Fünftes Capitel.

## Im Theater.

Wenn man noch niemals im Theater gewesen ist, so ist es ein großes Glück, ja beinahe ein Ereigniß im Leben, zu wissen, daß man dieses so allgemein beliebte Vergnügen genießen soll, und wenn dieses Vergnügen einem fünfzehnjährigen jungen Mädchen versprochen wird, so ist die Freude noch viel größer, das Vergnügen, welches man sich verspricht, noch weit umfassender, denn in diesem Alter sind

die geringsten Zerstreuungen ein Glück und man bedarf noch
so wenig, um glücklich zu sein.

Honorine macht es sich zu einem förmlichen Fest,! daß
sie ins Theater gehen und ihre Pathe spielen sehen soll, und
Florentine, welche die Gefühle ihrer Tochter stets theilt, sieht
mit Vergnügen die Freude, die in ihren Augen strahlt, und
freut sich daher selbst auf die für diesen Abend beschlossene
Partie.

Beide machen eine einfache, aber geschmackvolle Toi=
lette. Niemand würde in der jungen Frau, welche einen
Hut und einen hübschen Shawl so anmuthig und unge=
zwungen trägt, eine ehemalige Orangenhändlerin errathen.

Es gibt aber einmal bevorrechtete Wesen, welche so=
fort die Haltung und Tournüre ihrer Stellung annehmen
und übrigens muß man bedenken, daß Florentine auch schon,
als sie Orangen verkaufte, weder die gemeinen Manieren,
noch die ordinäre Ausdrucksweise der meisten solcher Damen
besaß, und daß man schon damals sehen konnte, sie sei nicht
an ihrem Platze.

Honorine ist reizend. Ihre großen schwarzen Augen
strahlen von einem Glanze, welcher durch die langen, be=
schattenden Wimpern kaum gemindert wird. Ihr frischer,
rosiger Mund hat jenen Ausdruck von Freimüthigkeit, der
gleichwohl ganz frei ist von jener Unbeholfenheit oder Be=
schränktheit, die man so oft auf dem Munde eines jungen
Mädchens wahrnimmt. Es ist mit einem Worte schwierig,
dieses reizende Gesicht, diesen wohlgeformten Wuchs, diesen
niedlichen Fuß, diesen zierlichen Gang und alles dies, was
Honorine zu einer auffallenden Schönheit macht, nicht zu
bewundern.

So wie sie jetzt an Florentinens Arm einhergeht, würde Niemand glauben wollen, daß es ihre Mutter sei, die sie begleitet, denn die eine, die immer noch schön ist, scheint kaum siebenundzwanzig und die andere, schon groß und entwickelt, wenigstens achtzehn Lebensjahre zu zählen.

Die beiden Damen nehmen Platz in der ersten Gallerie. Sie kommen noch zeitig genug, um sich in die vorderste Reihe setzen zu können und es dauert nicht lange, so sind sie blos noch mit dem beginnenden Schauspiel beschäftigt.

Das Haus füllt sich mittlerweile immer mehr und der zweite Rang ist eben so besetzt wie der erste.

Hinter der Mutter und ihrer Tochter hat ein Herr Platz genommen, welcher nahe an die Sechzig alt sein muß, aber noch sehr munter aussieht und dessen Haltung und Manieren große Ansprüche auf Jugendlichkeit verrathen.

Dieser Herr, dessen Kleidung sehr elegant und für sein Alter vielleicht allzu gesucht ist, trägt das Haar auf eine Weise, die längst nicht mehr Mode ist, nämlich in einen kleinen Zopf gebunden und gepudert, obschon es ohnehin beinahe ganz weiß ist.

Hierzu denke man sich einen kohlschwarzen Backenbart, ebenso schwarze Augenbrauen, ein dunkelrothes Gesicht, kleine Katzenaugen, eine mit Tabak gefüllte Adlernase, einen schmalen, zusammengekniffenen Mund, keine Zähne, dafür aber ein Kinn, welches die Nase überragt, und man hat das Bild dieses Mannes, der, nachdem er Mutter und Tochter lange von Weitem lorgnettirt, endlich hinter ihnen Platz genommen hat.

Bald hält er sich hinter Florentine, bald rückt er ein

wenig auf die Seite, um hinter Honorine zu kommen, und fährt mit diesem Manöver ziemlich lange fort, wobei er noch oft den Hals ausstreckt, um wo möglich Florentinens durch ihren Hut verdeckte Züge zu sehen.

Endlich bleibt er unmittelbar hinter der Tochter, als diese, nachdem sie ihren Hut abgenommen, ihr reizendes Gesichtchen sehen läßt.

Der alte Herr thut alles Mögliche, um die Aufmerk= samkeit der vor ihm sitzenden Damen zu erwecken. Er be= wegt sich unaufhörlich, summt und trällert vor sich hin, hu= stet, schnupft, knackt Bonbons und' fängt endlich an mit sich selbst zu sprechen.

»Man sitzt hier sehr schlecht,« sagt er. »Der Saal ist häßlich, indessen für ein kleines Boulevardtheater immer noch gut genug. Nicolet's Theater war mir lieber. — Man nannte es früher die »großen Tänzer des Königs«. Ich möchte wissen, warum man diesen Namen in Wegfall ge= bracht hat. Man sollte die Directoren zwingen, ihn wieder anzunehmen und ein Seil spannen zu lassen, welches von der Bühne durch den ganzen Zuschauerraum reichte. O, man wird auch bald darauf zurückkommen. In allen Bou= levardtheatern sollte es Seiltänzer geben.«

Mutter und Tochter schenken den Worten des alten Herrn keine weitere Beachtung, als daß sie, durch dieses fortwährende Gesumm vor ihren Ohren gelangweilt, oft einen Blick wechseln, welcher bedeutet: »Wird denn dieser Herr nimmermehr schweigen?«

Es kommt noch eine Person, welche neben dem alten Herrn Platz nimmt. Es ist diesmal aber ein schöner, wohl= gewachsener junger Mann mit einem gleichzeitig ernsten und sanften Gesichte. Seine Augen sind dunkelblau, sein Haar ist kastanienbraun, seine Nase gerade und griechisch, sein Gesicht oval und die Farbe desselben ein wenig braun. Er trägt einen kleinen Schnurrbart und in seinem Knopfloche sieht man das rothe Band, mit welchem der Kaiser Tapfer= keit und Verdienst belohnte. Obschon dieser junge Mann kaum fünfundzwanzig Jahre zu zählen scheint, so läßt doch in ihm Alles den ehemaligen Militär errathen.

Er trägt eine schwarze Halsbinde, sein blauer Ueber= rock ist von oben bis unten zugeknöpft und er hat jene ge= rade stolze Haltung, welche der Soldat fast immer bewahrt, selbst wenn er Civilkleider trägt.

Der junge Mann setzt sich hinter Florentine. Er ahmt allerdings nicht die Pantomimen seines Nachbars nach, um ihr in's Gesicht zu sehen, aber seine Blicke können doch nicht verfehlen, sich zuweilen auf Honorine zu richten, und es wäre zu verwundern, wenn er, nachdem er diese reizenden Züge gesehen, nicht oft den Wunsch empfände, sie noch einmal zu betrachten.

Dem alten Herrn mit dem Zopfe scheint es sehr un= lieb zu sein, daß dieser junge Mann sich neben ihn gesetzt hat. Er betrachtet ihn mit gerunzelter Stirn, er sucht sich möglichst auszubreiten, um recht viel Platz wegzunehmen, und möchte ihn verhindern, sich hinter Florentine zu setzen.

Der junge Mann mit dem Orden schiebt aber den Hut und das Tuch, welches man auf die Bank gelegt hat, zurück, und nimmt den auf diese Weise freigewordenen Platz ein.

Der alte Herr dreht sich herum und ruft in grobem Tone:

»Ich bitte mir aus, daß Sie meinen Hut und mein Tuch nicht so zerknittern.«

»Und ich bitte Sie, mein Herr, Ihre Sachen an sich zu nehmen, damit ich mich setzen kann. Dieser Platz ist noch frei; die Schließerin hat es mir gesagt. Sie haben nicht das Recht, Ihren Hut hier stehen zu lassen.«

»Ich hätte nicht das Recht? Ich sage Ihnen, mein Herr, daß ich stets das Recht habe, zu thun, was mir Ver= gnügen macht.«

»Wenn es andere Leute nicht genirt, sollte ich meinen.«

Der gepuderte Herr nimmt jedoch seinen Hut an sich, stellt sich ihn auf die Knie und murmelt vor sich hin:

»Bandit von der Loire! Soldat des Usurpators! Ich wollte darauf wetten, daß es einer ist! — Ein rothes Band — in diesem Alter — es ist wirklich mitleiderregend.«

Der alte Herr trägt jedoch Sorge, Alles dies so leise zu sprechen, daß nur er selbst es hören kann. Uebrigens be= kümmert sich der junge Mann, sobald er einmal Platz ge= nommen, nicht im Mindesten mehr um seinen Nachbar, weicht ihm aber auch nicht um einen Zoll breit.

Um sich zu rächen, schmaust der alte Herr Bonbons, schnupft, niest auf eine für seine ganze Umgebung sehr un= angenehme Weise und ruft jeden Augenblick:

»Wie erbärmlich doch diese Schauspieler sind! Da wä= ren mir Nicolet's Seiltänzer viel lieber.«

Man spielte jetzt das zweite kleine Stück.

Es war ein Vaudeville und der Verfasser hatte nicht verfehlt, einige Couplets zu Ehren der französischen Armee anzubringen, welche unter dem Kaiserreiche so schöne Siege erfochten hatte.

Diese Couplets wurden von dem Publicum allemal mit großem Beifall aufgenommen, erstens, weil der Franzose den Ruhm liebt, und zweitens, weil er sein größtes Glück darin findet, Opposition zu machen. Zu jener Zeit konnte es aber der neuen Regierung durchaus nicht schmeichelhaft sein, die Waffenthaten des Kaiserreiches rühmen zu hören.

Ein Couplet, welches noch besser gedrechselt war als die andern, war so eben zu Ehren der Sieger von Auster-litz, Eylau und Wagram gesungen worden. Man applau-dirte wie toll und der junge Mann verfehlte ebenfalls nicht, das Vergnügen an den Tag zu legen, welches der Gesang ihm machte.

Der alte Puderkopf aber geberdete sich auf seiner Bank sehr zornig.

»Ja wohl, applaudirt nur, ich habe nichts dagegen. Ha, man sollte es nicht glauben! — Diese Esel! Diese Dummköpfe!«

Der junge Mann applaudirt noch stärker, während er seinem Nachbar keineswegs sanfte Blicke zuwirft. Es dauerte nicht lange, so ruft das Publicum »Da capo« und der Herr mit dem Zopfe schreit:

»Nein, nein! — Einmal ist genug oder vielmehr schon zu viel!«

Der Da capo-Ruf wird jedoch beachtet, und der Schau-spieler beginnt sein Couplet von vorn.

Der alte Herr zieht nun einen kleinen Schlüssel aus der Tasche und entlockt demselben einen dünnen, aber ziemlich gellenden Pfiff, bis sein junger Nachbar ihn plötz-lich am Arme ergreift, ihm den Schlüssel, den er auf die Seite wirft, entreißt und zu ihm sagt:

»Ich verbiete Ihnen, zu pfeifen.«

»Wie! was! Sie verbieten es mir? Ich habe meinen Platz bezahlt, mein Herr, und Jeder, der seinen Platz bezahlt, hat das Recht zu pfeifen, wie es ihm beliebt. Es ist dies ein Recht, welches man an der Thür kauft, und —«

»Und ich, ich sage Ihnen, daß Sie dieses Couplet nicht auspfeifen werden.«

Mittlerweile hat sich ein Theil des Parterre erhoben und man ruft von allen Seiten:

»Nieder mit dem Pfeifer! hinaus mit dem Pfeifer!— hinaus!«

Da der alte Herr sieht, daß er nicht der Stärkere sein wird, so entschließt er sich, zu schweigen. Es wird wieder ruhig, das Couplet wird wiederholt und dann noch einmal enthusiastisch beklascht.

Mittlerweile sucht der alte Herr seinen Schlüssel, der unter die Bank gefallen ist.

Florentine und ihre Tochter hatten sich, als der junge Mann dem Pfeifer den Schlüssel entrissen, umgedreht. Sie fürchten einen Augenblick lang, daß es zu Thätlichkeiten kommen könne und werfen einen bittenden Blick auf den fünfundzwanzigjährigen ehemaligen Militär.

Honorine bemerkt nun das hübsche Gesicht dieses Herrn, denn ein Mädchen von fünfzehn Jahren wird stets durch äußere Vortheile verführt.

Nachdem der Zwist beigelegt ist, beschäftigen die beiden Damen sich jedoch nur noch mit dem Schauspiel.

Im Zwischenacte jedoch sagt Honorine leise zu ihrer Mutter:

»Der junge Mann, der hinter Dir sitzt, hat den alten

Herrn, welcher fortwährend schwatzte, richtig zum Schwei=
gen gebracht. Ich freue mich darüber; aber warum wollte
nur der Alte durchaus pfeifen, während alle Welt applau=
dirte?«

»Wahrscheinlich ist es einer jener mit Ludwig dem
Achtzehnten zurückgekehrten Ultraroyalisten, welche allemal
ganz wüthend werden, wenn man von den Siegen des Kai=
serreiches spricht.«

»Aber der Graf, mein Pathe, ist doch auch Royalist
und spricht von diesen Siegen stets mit großem Lobe.«

»Weil dein Pathe sein Vaterland stets geliebt und
dem Muth und der Tapferkeit der Franzosen stets Anerken=
nung gezollt hat.«

»Aber, Mama, wann wird denn Turlure auftreten?«

»Nun sogleich, in dem Stück, welches jetzt folgt. Sie
hat uns gesagt, daß sie gleich im ersten Act erscheint. Die
arme Turlure! Es ist mir bange um sie.«

»Ach, Mama, wenn dieser alte garstige Herr hinter
mir sie auspfiffe, dann würde ich es machen wie dieser junge
Mann und ihm den Schlüssel aus den Händen reißen.«

»Das wäre allerdings nicht übel! Darf wohl je ein
Mädchen oder eine Frau sich in einen öffentlichen Zank mi=
schen? Du wirst Dich ganz ruhig verhalten und nicht von
der Stelle rühren. Ich will es.«

»O, Mama, natürlich werde ich thun, was Du mir
befiehlst. Wer ist denn dieser Herr im Parterre, der Dich
jetzt grüßte?«

»Es ist Herr Boursiquet, derselbe, welcher deine Pa=
the so sehr liebt und gern heiraten möchte. Sie will ihn
aber nicht.«

58

»Er schneuzt sich so oft, daß man meinen sollte, er weine. Er befindet sich in gewaltiger Gemüthsaufregung weil Turlure nun auftreten soll. Der arme Junge! In seiner Nähe möchte ich es Niemanden rathen zu pfeifen!«

Endlich beginnt das Melodrama. Es ist ein weinerliches Rührstück und das Publicum der Gaîté, welches von jeher gern geweint hat, beginnt die Taschentücher zu ziehen.

Der Herr mit dem Haarzopf murmelt jeden Augenblick:

»Elend! — erbärmlich! — abgeschmackt! Ich bereue nur, daß ich nicht zu Madame Saqui gegangen bin. Da hätte ich wenigstens auf dem Seile tanzen sehen.«

Seitdem jedoch der junge Nachbar des alten Herrn diesen zum Schweigen gebracht hat, macht derselbe seine Bemerkungen weniger laut und incommodirt folglich seine Umgebung in minderem Grade als vorher.

Endlich kommt der Augenblick, wo Turlure auftreten soll. Die Gräfin ist in ihrem Schloß, umgeben von ihren Vasallen, welche ihr Blumensträuße überreichen. Sie weist dieselbe mit wehmüthiger Miene zurück, denn sie ist besorgt um das Schicksal ihres Gemals.

Plötzlich verkündet die Musik ein unvorhergesehenes Ereigniß.

In der That kommt ein Landmädchen ganz außer sich und athemlos herbeigeeilt.

Diese Rolle ist die, welche Turlure spielen soll.

Die Debütantin kommt mit solcher Hast auf die Bühne herausgestürzt, daß sie an zwei ihr im Wege stehende Statistinnen anrennt. Die eine derselben wird von einem Sta=

tisten, ihrem Nachbar, mit kräftigem Arm festgehalten und vor dem Fallen bewahrt. Die andere schlägt eine Pirouette, welche sie damit beendet, daß sie sich an eine Coulisse an= klammert.

Alles dies aber vermag das Feuer der Debütantin nicht zu dämpfen und sie bleibt erst vor dem Souffleurka= sten stehen.

Hier richtet sie die Augen auf die Zuschauer im Para= dies und ruft aus:

»Ich bringe eine frohe Nachricht, Frau Gräfin, eine frohe Nachricht! So eben kommt ein Pferd die Allee her= auf — das ist unser guter gnädiger Herr.«

Das ganze Haus bricht in ein lautschallendes Geläch= ter aus. Die auf der Bühne stehenden Schauspieler können nicht umhin, es eben so zu machen wie das Publicum und Turlure ist, als sie sieht, daß alle Welt lacht, überzeugt, daß man mit ihr zufrieden ist, und fängt an zu lächeln und ko= kettirende Blicke in das Parterre zu werfen.

Plötzlich aber ruft eine grobe Stimme:

»Geh doch und verkaufe deine Gerstenzuckerstengel! Du kannst ja nicht einmal vier Worte ordentlich sprechen.«

Turlure schrickt zusammen und weiß nicht, was für ein Gesicht sie machen soll.

Zum Unglück für den Zuschauer, welcher so eben seine Meinung auf diese Weise laut ausgesprochen, sitzt Boursi= quet hinter ihm. Dieser springt, wüthend, daß man seine Angebetete auf diese Weise zu schmähen wagt, auf, neigt sich vorwärts und versetzt dem einen solchen Angriff durch= aus nicht Erwartenden einen Faustschlag.

Der Geschlagene dreht sich natürlich sofort herum, um seinen Gegner zu sehen.

Bourſiquet fällt es nicht ein, sich verstellen zu wollen, sondern er fährt fort auf den Kritiker loszuschlagen, indem er zu ihm sagt:

»Ach, Du findeſt alſo, daß ſie nicht ordentlich ſpricht. Komm einmal mit mir heraus, Grobian! Ich will Dich ſprechen lehren.«

Der Mann, welcher Turlure interpellirt hat, will die Schläge, die er empfangen, zurückgeben, aber Bourſiquet's Nachbarn legen ſich dazwiſchen, indem ſie ausrufen:

»Dieſer Herr hat Recht; dieſe Schauſpielerin weiß nicht, was ſie zu ſagen hat — ſie verdient ausgepfiffen zu werden.«

Die Claqueurs aber — denn es gab ſchon damals Claqueurs, wie ich denn überhaupt glaube, daß es deren ſtets gegeben hat und ſtets geben wird — die Claqueurs, ſagen wir, nehmen Bourſiquet's Partei und wollen nicht zugeben, daß man ihre ſchöne Gerſtenzuckerverkäuferin aus= pfeife.

Es folgt nun ein allgemeiner Kampf in dem Parterre zwiſchen den Parteigängern Turlure's und den Pfeifern.

Das Stück muß unterbrochen werden und da auch Frauen im Parterre ſitzen — das Theater der Gaîté hat ſtets Frauen den Zutritt ins Parterre geſtattet, — ſo er= heben dieſe mit den Kämpfern untermiſchten Damen ein fürchterliches Geſchrei und rufen die Wache.

Während dies Alles vor ſich ging, ſtand Turlure im= mer noch mit erſtaunter Miene vor dem Loch des Souf=

fleurs, ohne darauf zu achten, daß man ihr aus der Coulisse zurief:

»Gehen Sie doch! Verlassen Sie die Bühne! Sie ha=
ben ja nichts weiter zu sprechen. Gehen Sie doch!«

Da der Regisseur sieht, daß die Debütantin nicht von
der Bühne weicht, so entschließt er sich endlich, sie wegzu=
holen. Er faßt sie demgemäß beim Arme und zieht sie auf
ziemlich unsanfte Weise in die Coulisse hinein.

Mittlerweile ist die Wache angekommen. Sie entfernt
einige der Widerspenstigsten und namentlich Boursiquet,
welcher zuletzt die ganze Welt durchprügeln möchte.

Nachdem auf diese Weise die erste Ursache des Cra=
walls entfernt ist, wird allmälig wieder Ruhe, die Käm=
pfenden setzen sich und das Stück hat seinen Fortgang.

Während des Kampfes waren Honorine die Thränen
in die Augen getreten und sie hatte leise zu ihrer Mutter
gesagt:

»Meine arme Pathe! Ach, Mama, was wird man
ihr thun?«

»Nichts. Schweig doch! Wenn sie auf diese Weise von
ihrer unglücklichen Leidenschaft für's Theater geheilt würde,
so wäre dies ein wahres Glück für sie.«

Der Auftritt im Parterre hat dem alten Herrn mit
dem gepuderten Haar viel Vergnügen gemacht und er hat
von Zeit zu Zeit gerufen:

»Ah, jetzt schlägt man sich im Parterre. Das ist nicht
übel! Wahrscheinlich ist dies eine Neuerung, die wir der
Revolution verdanken. Ah, ich finde das in der That
sehr fein.«

Niemand aber antwortet dem alten Herrn. Der erste

Act des Melodrama's ist zu Ende. Honorinens hübsches Gesicht ist ganz traurig geworden, seitdem man ihre Pathe so schlecht aufgenommen und ihre Mutter sieht sich genöthigt, sie zu trösten.

Der hinter Florentine sitzende junge Mann sagt nichts, aber er betrachtet die Damen und seine Augen begegnen, ohne daß er es zu verhehlen sucht, oft diesem reizenden Antlitze, welches durch eine Wolke der Schwermuth noch interessanter gemacht wird.

Der alte Herr mit dem gepuderten Haar lorgnettirt das vor ihm sitzende junge Mädchen ebenfalls sehr oft. Sobald sie den Kopf herumdreht, nähert er den seinigen und schleudert Blicke, die er ohne Zweifel für zündend hält, die aber Honorine blos veranlassen, den Kopf schnell wieder herumzudrehen.

Als er sieht, daß seine Blicke nicht erwiedert werden, will er auf andere Weise agiren.

Während des zweiten Actes rückt er mit seinen beiden Knien allmälig immer weiter vor, so daß die vor ihm sitzende Person dazwischengeklemmt wird.

Diese Knie geniren das junge Mädchen bedeutend, aber sie mag doch nicht sich darüber beklagen, denn sie glaubt, es sei im Theater vielleicht Sitte, so eingekeilt zu sitzen.

Die Geduld des reizenden Kindes macht jedoch den alten Lüstling nur noch dreister, und als er sieht, daß man den Druck seiner Knie erträgt, kommt er auch mit den Händen, die er bis jetzt auf den Knien liegen gehabt, näher, fährt damit über die schlanke Taille des jungen Mädchens und erlaubt sich dann, sie tiefer zu betasten, als plötzlich eine kräftige Hand die seine packt und fest zusammendrückt, während eine gedämpfte Stimme zu ihm sagt:

»Sie sind ein alter Halunke. Ich habe Sie schon seit einigen Minuten beobachtet. Ich habe gesehen, wie Sie mit Ihren Knien diese junge Dame belästigten, welche nicht wagte, sich darüber zu beklagen, und jetzt wollen Sie Ihre Unverschämtheit sogar noch weiter treiben. Wenn Sie nicht so alt wären, so würde ich Sie auf ganz andere Weise züchtigen. Verhalten Sie sich aber ruhig und ziehen Sie Ihre Knie zurück, sonst werfe ich Sie zur Thür hinaus.«

Man erräth, daß diese Worte von dem jungen Militär gesprochen worden sind. Florentine und ihre Tochter hören dieselben. Beide danken ihm und Honorine gesteht, daß der hinter ihr sitzende Herr sie schon lange genirt hat.

»Warum hast Du das nicht gesagt?« ruft Florentine, »dann hätten wir uns einen andern Platz gesucht.«

»Ach Mama, ich wagte es nicht.«

Der alte Herr mit dem gepuderten Haar ist mittlerweile erst bleich, dann dunkelroth geworden und sagt zu seinem Nachbar:

»Mein Herr, Sie haben mich beleidigt. Dies kann nicht so hingehen. Ich bin nicht der Mann, den man ungestraft beleidigt.«

»Um so besser, mein Herr; ich bin vollkommen bereit, Ihnen Genugthuung zu geben.«

»Ja, ja, ich verstehe. Ihr Handwerk ist, sich zu schlagen. Ohne Zweifel sind Sie ein Soldat des Andern gewesen.«

»Wer ist der Andere, mein Herr? Ich möchte wissen, wen Sie unter dem Andern verstehen.«

»Schon gut, schon gut. Hier ist meine Karte, mein Herr. Sie werden sehen, mit wem Sie die Ehre gehabt ha=ben zu sprechen.«

»Und hier ist die meinige, mein Herr; es ist die eines Ehrenmannes.«

Die beiden Herren tauschen ihre Karten aus. Dann, sobald der zweite Act beendet ist, beeilt sich der alte Herr sich zu entfernen.

»Ach, welch ein Glück! Wenn doch dieser garstige alte Herr nicht wiederkäme!« ruft Honorine aus.

»Seien Sie unbesorgt, Mademoiselle. Ich stehe Ih=nen dafür, daß er nicht wiederkommen wird. Er muß sich auch übrigens dessen, was er gethan, allzusehr schämen.«

»Aber Sie haben Ihre Karte mit diesem Herrn gewech=selt,« sagt Florentine. »Ich will hoffen, daß dieser Zwist keine weiteren Folgen habe. Meine Tochter und ich wären außer uns, wenn wir die Ursache eines Zweikampfes wer=den sollten.«

»Ob dieser Vorfall Folgen haben wird, Madame, weiß ich nicht; auf jeden Fall aber glauben Sie mir, daß ich mich stets glücklich schätzen werde, der Vertheidiger und Beschützer der Damen zu sein. Es ist dies ein Amt, wel=chem ich niemals entsagen werde.«

»Mein Gott, Mama, schlagen die Männer sich denn, wenn sie Karten wechseln?«

»Allerdings zuweilen, meine Tochter.«

»Ach, lassen Sie uns doch sehen, was auf der Karte steht, welche der alte Herr mir gegeben und die mir so viel Respect einflößen soll.«

Mit diesen Worten zieht der junge Mann die Karte, die er in die Tasche gesteckt, wieder heraus und liest:

»Vicomte Orestes de la Palissonnière, ehemaliger Mundschenk des Königs! Ah, ah! Palissonnière — ja ja, dieser Herr stammt wahrscheinlich von dem berüchtigten La Palisse ab. Ich mag aber die Karte betrachten, wie ich will, so sehe ich keine Adresse darauf. Wie will denn der Herr Vicomte Orestes, daß ich meine Secundanten zu ihm schicke, wenn ich nicht weiß, wo er wohnt?«

»Nun, um so besser,« sagt Florentine. »Auf diese Weise werden Sie sich wenigstens nicht schlagen.«

»Aber ich, Madame, habe keine Karten ohne Adresse und wenn dieser Herr Vicomte de la Palissonnière wirklich Lust hat, von mir eine Satisfaction zu fordern, so wird es nur auf ihn ankommen. Er weiß, wo er mich finden kann.«

»Was steht denn auf Ihrer Karte?« fragte Honorine, hat aber diese Worte nicht sobald heraus, als sie auch schon feuerroth wird, denn sie fühlt, daß sie eine Indiscretion begangen.

Ihre Mutter verweist ihr dieselbe in gütigem Tone, indem sie zu ihr sagt:

»Aber Honorine, mit welchem Recht fragst Du diesen Herrn, was auf seiner Karte steht? Schickt sich das wohl? Wenn Du nicht noch Kind wärest, so würde ich Dich tüchtig ausschelten.«

»Ach, Madame, schelten Sie das Fräulein nicht aus. Diese Frage war ganz in der Ordnung und ich finde es natürlich, daß Ihre Tochter zu wissen wünscht, mit wem sie spricht. Mademoiselle, auf meiner Karte steht: Ernst Di-

dier, ehemaliger Lieutenant im 29, Linienregiment, Fau=
bourg Montmartre, 17.

»Dann sind Sie also Militär, mein Herr,« sagte Flo=
rentine, »schon Offizier und decorirt, obwohl Sie noch sehr
jung sind.«

»Ich bin vierundzwanzig Jahre alt. Ich trat 1811 in
den Dienst. Damals zählte ich achtzehn Jahre. Ich habe die
sämmtlichen letzten Feldzüge mit dem Kaiser mitgemacht.
Bei Leipzig ernannte er mich zum Lieutenant und verlieh
mir den Orden, gegenwärtig aber bin ich nichts mehr.«

»Warum dienen Sie nicht noch fort?« fragte Florentine.

»Madame, der Kaiser war mein Abgott und ich
wechsle die Religion nicht gern.«

»So ist es recht!« ruft Honorine und ihre Mutter
sieht sich abermals genöthigt, sie mit dem Knie zu stoßen,
um ihr bemerklich zu machen, daß sie ihre Meinung ein we=
nig zu voreilig ausspricht.

Während des Restes der Vorstellung fährt Ernst Di=
dier, da wir nun seinen Namen wissen, fort, mit der Mutter
und der Tochter zu plaudern, aber stets mit jener Zurück=
haltung und jener unverbrüchlichen Höflichkeit, welche einen
Mann von guter Erziehung verräth.

Die Vorstellung ist aus. Man verläßt das Theater
und der junge Mann geht neben den beiden Damen her.

Als sie auf den Boulevard kommen, sagt er zu Flo=
rentine:

»Wenn Sie keinen Cavalier haben, Madame, so würde
ich es als ein Glück betrachten, wenn ich Sie bis zu Ihrer
Wohnung geleiten dürfte.«

»Wir danken Ihnen herzlich, mein Herr,« antwortet

Florentine; „wir wohnen aber gerade gegenüber und brau=
chen blos den Boulevard zu überschreiten, um zu Hause zu
sein. Empfangen Sie nochmals unsern Dank, mein Herr,
für den Schutz, den Sie uns heute Abend im Theater haben
angedeihen lassen."

Mit diesen Worten verneigen sich Florentine und ihre
Tochter und überschreiten dann leichtfüßig die Chausseé.
Der junge Offizier verneigt sich tief und ehrerbietig, bleibt
stehen und folgt den beiden Damen mit den Augen.

## Sechstes Capitel.

## Der Baron von Sternitz und der Major von Krautberg.

Der Vicomte de la Palissonnière war ein wirklicher
Edelmann, aber von der Zahl derjenigen, welche zu jener
Zeit royalistischer sein wollten als der König.

Im Jahre 1790 war er ausgewandert und hatte alle
jene alten Gewohnheiten und lächerlichen Vorurtheile mit=
genommen, wovon die Franzosen jetzt nichts mehr wissen
wollten.

Im Auslande hatte der Vicomte Feuer und Flam=
men gegen die Parteigänger der Revolution gespieen, aber
dabei war sein Eifer stehen geblieben, und obschon er manch=
mal ausgerufen: „Wir werden diese Rebellen besiegen,"
so war er doch in keines jener Armeecorps getreten, welche

die Condé's, die Bouillé's und der ganze ausgewanderte Adel errichteten.

Mit Ludwig dem Achtzehnten nach Frankreich zurück= gekehrt, hatte er alle die alten Sitten und Marotten, die er mit in die Verbannung genommen, wieder zurückgebracht. Er glaubte und wünschte Paris so wiederzufinden, wie es vor der Einnahme der Bastille gewesen. Jede Veränderung, auf die er stieß, reizte seinen Zorn und er war deshalb sehr oft bei schlechter Laune.

Dem alten Sprichwort gemäß, welches sagt: »Wer weit herkommt, hat gut lügen,« behauptete der nach Paris zurückgekehrte ehemalige Mundschenk ohne Weiteres, er habe sehr viel zur Wiederherstellung der Monarchie der Bourbons beigetragen, in mancher Schlacht dafür gefochten und sein Blut vergossen.

Eine solche Persönlichkeit mußte natürlich in dem Hause des Bankiers Rigoulotini mit offenen Armen empfan= gen werden. Die Frau des Bankiers, ehemals Fräulein von Hautefutaie, empfing mit ihrem anmuthigsten Lächeln den Vicomte Orestes, der ihr die Hand küßte und sich auf Hof= manier verneigte, so wie Gardel es seine Schüler lehrte und wie man es jetzt nirgends mehr sieht oder versteht.

Bei dem Bankier sprach der Vicomte vorzüglich gern von seinen heldenmüthigen Leistungen und den schönen Waffenthaten, welche er im Auslande vollbracht.

Rigoulotini hörte dies Alles an, ohne eine Miene zu zucken und wie ein Mann, dem dies höchst egal ist. Seine hochadelige Gemalin aber ließ fortwährend ein bewun= derndes »o!« oder »ah!« hören und drückte oft die Hand des Vicomte mit Wärme, indem sie ausrief:

»Ha, Sie find ein großherziger Edelmann! Sie find
würdig, von Gottfried von Bouillon abzustammen.«

Der ehemalige Mundschenk war auch in der That der
Meinung, daß er von einem Bouillon abstammen müsse.

Dennoch aber fanden feine Geschichten nicht bei allen
Leuten dieselbe vertrauensvolle Aufnahme wie bei dieser
Dame, und mehr als einmal hatten selbst unter alten
Emigranten, wie er, mehrere angefangen zu lachen, wenn
der Vicomte von feinen Heldenthaten erzählte, und einige
hatten sogar ausgerufen:

»Dieser Teufelskerl von Palissonnière! Glaubt er
uns solche Dinge weiß machen zu können?«

Wenn Orestes dergleichen Bemerkungen hörte, so
beeilte er sich zu verschwinden, um andere Zuhörer zu su=
chen. Eines Tages aber, als er in einem Kreise, unter wel=
chem viele Fremde sich befanden, wieder einmal haarsträu=
bende Geschichten von den Gefahren erzählte, die er in einem
Gefecht bestanden, bei welchem Larochejacquelein das Com=
mando geführt, war er nicht wenig überrascht, sich ins Ohr
flüstern zu hören:

»Ganz recht — ich erinnere mich. Sie schlugen sich bei
jener Gelegenheit wie ein Löwe. Wohl zwanzigmal wa=
ren Sie nahe daran, getödtet zu werden. Ich weiß es wohl,
denn ich war auch dabei und glaube sogar dort einige Sä=
belhiebe davongetragen zu haben, die für Sie bestimmt
waren.«

Herr de la Palissonnière dreht sich um, um zu sehen,
wer dieser Mann ist, der ihn in einem Gefecht gesehen ha=
ben will, welchem er gar nicht beigewohnt hat.

Er sieht einen Mann von schönem Wuchse mit beinahe

weißem Haar, grauem Bart, schönem Gesicht, sehr schwarzen Augen und im Allgemeinen sehr schönen Zügen, obschon
dieselben durch eine ungeheuere Narbe verunstaltet werden,
welche sich vom untern Theile seiner linken Wange bis unter das Auge in den Nasenwinkel hineinzieht.

Dieser Herr, dessen Gesichtsausdruck ein sehr ernster
ist, scheint ungefähr fünf- bis achtundfünfzig Jahre zu zählen. Er ist sehr elegant gekleidet, hält sich sehr gerade und
trägt in seinem Knopfloche eine kleine Brochette, an welcher eine große Menge ausländischer Ordensdecorationen
hängen.

Orestes verneigt sich gegen den Herrn und dieser gibt
den Gruß zurück, indem er sagt:

»Sie können sich nicht auf mich besinnen, Herr Vicomte. Ich finde das sehr begreiflich. In dem Handgemenge,
in der Hitze des Kampfes hat man nicht Zeit, seine Umgebung lange ins Auge zu fassen. Ich bin der Baron von
Sternitz. Ich habe Ihrer Sache mit Eifer gedient, obschon
ich nicht Franzose bin.«

»Herr Baron, ich mache Ihnen mein Compliment.
Ich fühle mich durch diese Begegnung nicht wenig geschmeichelt. Also Sie erkennen mich?«

»Ja wohl, ganz genau, und zwar um so mehr, als
ich schon bei einer andern Affaire mit Ihnen zusammengetroffen war. Ich glaube, es war bei Quiberon. Waren
Sie nicht mit bei Quiberon?«

»Ja wohl, ja wohl — freilich war ich mit dort,«
antwortet der Vicomte, welcher bei sich selbst sagt: »Dieser
Baron hält mich ohne Zweifel für einen Anderen, der mir
täuschend ähnlich sieht. Ich werde mich aber wohl hüten,

ihm seinen Irrthum zu benehmen, denn seine Bemerkungen
werden mich sogar in ein sehr vortheilhaftes Licht stellen.«

»Sehr richtig; dort war es. — Herr Major von
Krautberg, nicht wahr, es war bei Quiberon, wo wir die=
sen französischen Edelmann bemerkten, der sich schlug wie
ein Verzweifelter?«

Eine neue Person tritt heran. Es ist ein Mann, dessen
Alter schwer zu errathen ist. Sein Bart ist so groß, daß
für sein Gesicht nicht viel Platz mehr übrigbleibt, und seine
ungeheuern Augenbrauen, welche über der Nase zusammen=
laufen, verleihen ihm ein grimmiges Ansehen, welches ihm
Aehnlichkeit mit einer illuminirten Abbildung des ewigen
Juden gibt. Nur hat er eine sehr dicke und beinahe violette
Nase, welche nach unten zu sich in seinen Schnurbart ver=
liert und oben mit den Augenbrauen zusammenstößt. Diese
Nase scheint auf diesem bärtigen Gesichte gar nicht am rech=
ten Orte zu sein und Alles dieses bildet zusammen ein Gan=
zes, welches durchaus keinen angenehmen Eindruck macht.

· Dieser Mann, welcher auf den Namen Major von
Krautberg hört, tritt mit gemessenem Schritte vor und ant=
wortet mit einer Stimme, die aus der tiefsten Kehle herauf
zu kommen scheint und in welche sich ein deutscher Accent
mischt, der zuweilen an's Provençalische streift:

»Ja, ja, es war bei Quiberon, aber er fiel.«

»Was, er wäre gefallen? Sie irren sich, Herr Major,
denn hier sitzt ja dieser Herr. Sehen Sie ihn nur genau an.«

»Ja, zum Teufel, es ist wahr. Ganz recht, das ist der
Herr. Ich glaubte aber wirklich, er sei gefallen.«

»Mein Doppelgänger wird gefallen sein,« sagt der
Vicomte bei sich selbst. »Um so besser, dann kann er nie=

mals den Ruhm, mit welchem er mich überhäuft, für sich in Anspruch nehmen. Das trifft sich sehr glücklich.«

Und der ehemalige Mundschenk verneigt sich sehr graziös gegen den Major von Krautberg und sagt:

»Ah, dieser Herr war also auch mit bei Quiberon?«

»Ja, ja.«

»Wir hatten dort kein Glück,« hebt der Baron wieder an, »aber dies thut den schönen Waffenthaten, welche dort geschahen, keinen Eintrag. Ich war ein vertrauter Freund des Grafen von Hermilly, welcher, wie Sie wissen, das Emigrantencorps commandirte, welches bei Quiberon landete.«

»Ja, es war wirklich der Graf von Hermilly, welcher das Commando führte.«

»Unglücklicherweise hatten wir den General Hoche zum Gegner, einen alten Haudegen, der uns tüchtig ablaufen ließ. Indessen das thut, wie ich sagte, den schönen Waffenthaten der Besiegten keinen Eintrag.«

»Nein, gewiß nicht; das Verdienst wird dadurch nicht geschmälert — im Gegentheile. Und Sie sahen mich dort?« fragt der Vicomte.

»Wir sahen Sie und bewunderten Sie, nicht wahr, Herr Major?« entgegnete der Baron von Sternitz.

»Ja wohl, ja wohl — wir bewunderten Sie.«

»Nur kannten wir damals nicht den Namen des Edelmannes, der sich so tapfer schlug. Heute sind wir so glücklich, zu wissen, daß es der Herr de la Palissonnière war,« bemerkt der Baron von Sternitz.

»Meine Herren, das nenne ich ein Zusammentreffen! Ich kann Ihnen gar nicht sagen, wie angenehm mir dasselbe ist.

Ihre Hand, Herr Baron von Sterniß — Ihre Hand, Herr Major von Krautberg. Von diesem Augenblick an sind wir Freunde, wenn Sie es erlauben.«

»Dies wird ein Glück und eine Ehre für mich sein,« sagt der Baron.

»Und für mich auch, für mich auch,« setzt der Major hinzu.

»Und wir werden uns oft sehen,« hebt der Vicomte wieder an. »Sie sind hier fremd, Sie haben vielleicht wenig Bekannte in Paris, ich werde Sie mitnehmen, ich werde es mir zum Vergnügen machen, Sie in die distinguirtesten Salons einzuführen. Ich werde Sie überall vorstellen.«

»Ich nehme Ihr freundliches Anerbieten mit Dank an, Herr Vicomte,« sagt der Baron, »denn ich und der Major wir haben allerdings in Paris nur wenig Bekanntschaften.«

»Nun gut,« sagte der Vicomte, »und um diese glückliche Begegnung zu feiern, nehme ich, wenn Sie es erlauben, Sie gleich heute mit zum Diner im Palais Royal bei Beauvilliers.«

»In der That, Ihr Anerbieten ist ein so liebenswürdiges, daß man es unmöglich zurückweisen kann,« entgegnete der Baron.

»Nein, man kann es nicht zurückweisen,« setzt der Major hinzu.

Der Vicomte de la Palissonnière, welcher ganz entzückt ist, zwei Männer gefunden zu haben, die ihn sich schlagen und Wunder von Tapferkeit verrichten gesehen haben, nimmt sich vor, seine neuen Freunde oft bei sich zu haben.

Zum Anfang bezahlt er für sie ein ausgezeichnetes Diner bei dem besten Restauranten des Palais Royal.

Der Baron von Sterniß thut dieser Mahlzeit alle Ehre an, aber ohne die Grenzen der Sitten der guten Gesellschaft zu überschreiten. Er affectirt die distinguirten Manieren eines Mannes, der an ein gutes Leben gewöhnt ist, und für welchen selbst die ausgewähltesten Gerichte nichts Außerordentliches sind.

Nicht ganz so ist es mit dem Major von Krautberg, welcher für sechs Mann ißt und für zehn trinkt, obschon sein Freund von Zeit zu Zeit zu ihm sagt:

»Nehmen Sie sich in Acht, Major! Sie lassen sich durch den Wunsch verführen, dem Diner, welches der Herr Vicomte de la Palissonnière uns anbietet, gebührende Ehre anzuthun, aber denken Sie an Ihre Wunden. Man hat Ihnen wiederholt gesagt, daß Sie sich schonen müssen.«

»Ja, ja, aber der Kopf ist noch gut,« entgegnete der Major.

»Ah, Sie sind also oft verwundet worden, Herr Major?« fragt der Vicomte.

»Ja wohl, in jedem Gefecht, bei welchem ich betheiligt gewesen bin.«

»Aber Sie, Herr Baron, Sie haben auch eine fürchtbare Narbe auf der Wange,« hebt der Vicomte wieder an. »Ihr Gesicht muß förmlich gespalten gewesen sein.«

»Ja, es ist ein Säbelhieb und zwar ein tüchtiger. Mir war es damals, als hätte man mir den halben Kopf heruntergehauen. Ich habe lange Zeit gebraucht, ehe die Wunde einigermaßen wieder geheilt war. Anfangs wagte ich gar nicht mich zu zeigen, so sehr war ich entstellt.«

»O lieber Baron, dergleichen Narben sind die rühm-

lichsten Erzeugnisse, die es geben kann. Sie sind Deut=
scher?«

»Ja, ich bin Preuße. Ich war sehr genau bekannt
mit. dem Prinzen von Condé und mit den Herren von
Bouillé und von St. Priest.«

»Dann waren Sie wohl damals in Coblenz?«

»Ich bin überall gewesen. Im Jahre 1807 schlug ich
mich bei Eylau und Friedberg. Ich war sehr genau bekannt
mit.dem General Benningsen, welcher die russisch=preußische
Armee commandirte und mich zu seinem Adjutanten ernannt
hatte.«

»Ah so, und Sie, Herr Major von Krautmann — «

»Krautberg!«

»Ah, ganz richtig, Krautberg — Sie sind wohl auch
Preuße?«

»Nein, ich bin Baier.«

»Und Sie sind seit langer Zeit der Begleiter des wa=
ckern Barons?«

»Ja, wir sind schon lange gute Freunde.«

»Ah, wie schön ist diese Freundschaft, welche durch
Kämpfe und Gefahren befestigt worden. Sie erinnern mich
an Achilles und Patroclus — Pythias und Damon — Ca=
stor und Pollux.«

»Die vier Haimonskinder,« murmelt der Major.

Sein Freund der Baron versetzt .ihm aber einen ver=
stohlenen Fußtritt, der ihm den Mund schließt.

Nach Verlauf eines Augenblicks hebt der Baron wie=
der an:

»Man hatte mir verschiedene Empfehlungsbriefe an
die ersten Häuser in Paris gegeben. Ich glaube, ich hatte

auch einen — ich habe ihn aber verloren — an einen bekannten
Bankier, Herrn, — mein Gott, der Name schwebt mir auf
der Zunge — Herrn Rigoulotini — kennen Sie ihn vielleicht, Vicomte?«

»Den Bankier Rigoulotini? — na, den werde ich doch
wohl kennen! Es ist das ein Haus, welches ich sehr oft besuche. Seine Frau ist eine geborene Hautefutaie — aus
altem Adel und vornehmer Familie. Sie hat sich allerdings
ein wenig erniedrigt, indem sie diesen Rigoulotini heiratete — er ist aber Millionär — er gibt schöne Festlichkei-
ten; man erträgt ihn um seiner Frau willen. O, ich werde
Sie dort einführen — ich werde Sie vorstellen — näch-
stens — und man wird sich geschmeichelt fühlen, Sie zu empfangen.«

»Es wird mir außerordentlich Vergnügen machen,
mit — einer Hautefutaie zusammen zu treffen,« sagt der
Baron.

»Gut, die Sache ist abgemacht. Gehen wir jetzt Kaffee
trinken.«

»Ja, gehen wir illico,« sagt der Major.

Der Vicomte Orestes sieht ihn an und sagt:

»Ah, Sie sprechen auch italienisch — ich glaube wenigstens, illico ist italienisch.«

»Der Major spricht ein wenig alle Sprachen, nur
mengt er sie oft unter einander, so daß es zuweilen schwer
ist, ihn zu verstehen.«

Und während man sich erhebt und der Vicomte die
Zeche bezahlt, sagt der Baron dem Major in's Ohr:

»Wenn Du Dich in Gesellschaft nicht besser zusam-
mennimmst, so kannst Du nicht mehr mit mir gehen. Du

trinkſt allemal zu viel und dann ſchwaßeſt Du Dumm=
heiten.«

»O fürchte nichts; ich ſehe ſchon, mit wem wir es zu
thun haben. Dieſer alte Kerl iſt ein Eſel, dem man weiß
machen kann, was man Luſt hat.«

»Das iſt auch meine Meinung und eben deshalb habe
ich ihn zu unſerem Führer gewählt. Es iſt dies aber kein
Grund, um die Klugheit aus den Augen zu ſetzen.«

»Sei doch unbeſorgt. Mit deinem graugeſprenkelten
Haar hält man Dich für wenigſtens ſechzig Jahre. Dein
Geſicht iſt durch deine Narbe ganz verändert. Was mich
betrifft, ſo habe ich Dank meiner geſchickt aufgeſetzten fal=
ſchen Naſe nicht zu fürchten, daß man den Froſch in mir
wiedererkenne.«

»Aber ſo ſchweig doch, Dummkopf, und nenne nicht
dieſen Namen.«

Der Vicomte de la Paliſſonnière verbringt den gan=
zen Abend in Geſellſchaft ſeiner neuen Freunde und trennt
ſich nur ungern von ihnen. Er verabredet noch ein Stell=
dichein mit ihnen für den nächſtfolgenden Abend.

An dieſem iſt Empfang bei dem Bankier Rigoulotini.
Der Vicomte will ſeine neuen Freunde dort vorſtellen,
nimmt ſich aber zugleich vor, die hochadelige Gattin des
Millionärs am Morgen erſt davon in Kenntniß zu ſetzen.

In der That läßt am nächſtfolgenden Tage, ſobald die
Stunde es erlaubt, Oreſtes ſich bei Madame Rigoulotini
anmelden.

Dieſe iſt noch bei ihrer Toilette, befiehlt aber, daß
man den Vicomte eintreten laſſe, und reicht ihm die Hand,
indem ſie ſagt:

»Welcher gute Wind führt Sie denn so zeitig her Vicomte? Haben Sie mir vielleicht eine interessante Nachricht mitzutheilen?«

»Schöne Dame, ich bitte Sie um Verzeihung, daß ich Sie bei Ihrer Toilette überrasche, in der That aber habe ich Ihnen zu melden, daß ich die Bekanntschaft zweier sehr liebenswürdiger Männer gemacht habe — zweier Männer von der größten Distinction, die mich früher mehrmals auf dem Schlachtfelde gesehen, wo ich, wie sie in für mich schmeichelhafter Weise sagen, Wunder von Tapferkeit verrichtet habe.«

»Wirklich, Vicomte? Und wer sind diese Herren?«

»Es sind Ausländer. Der Eine, der Baron von Sternitz, ist Preuße, der Andere, der Major von Krautberg, ist Baier. Beide haben für unsere Sache gefochten. Der Baron von Sternitz ist sogar bei Eylau und Friedland mitgewesen. Er war Adjutant des Generals Benningsen; er ist auf furchtbare Weise im Gesichte verwundet worden und trägt auf der linken Wange eine Narbe, die sich prächtig ausnimmt. Er ist auch mit dem Prinzen von Condé in Coblenz gewesen und war ein Freund des Herrn von Bouillé.«

»Das ist ja ein Mann, den ich mich glücklich schätzen würde kennen zu lernen. Stellen Sie mir ihn vor, Vicomte, und seinen Freund auch.«

»Eben um die Erlaubniß hierzu zu erbitten, komme ich diesen Morgen zu Ihnen.«

»Um die Erlaubniß zu erbitten? Bedürfen Sie deren wohl? Sie, dessen vortreffliche Gesinnungen und Grundsätze ich kenne,« entgegnet Madame Rigoulotini. »Wer von Ih=

nen vorgestellt wird, kann darauf rechnen, mit offenen Armen empfangen zu werden.«

»Sie sind zu gütig. Dann werde ich schon heute Abend den Baron von Sterniß und den Major von Krautberg bei Ihnen einführen. Der Baron ist ein sehr geistreicher und sehr unterrichteter Mann. Man sieht, daß er viel gereist ist. Der Major Krautberg spricht wenig und mit fremdartigem Accent. Er weiß sich weniger geläufig auszudrücken und dies ist wahrscheinlich auch der Grund, weshalb er sich etwas schweigsam verhält.«

»Ach, ich brenne vor Begierde, diese Herren zu sehen.«

»Nun denn also, auf heute Abend. Ich verlasse Sie jetzt, schöne Dame. Aber wenn ich bitten darf, machen Sie nicht allzu reizende Toilette. Schonen Sie unsere Herzen.«

»Ah, immer galant, immer liebenswürdig. Sie bleiben doch stets, wie Sie sind.«

»Dann mache ich es gerade so wie Sie, schöne Dame.«

Nach diesem Austausche von Artigkeiten alten Styls begibt der Vicomte de la Palissonnière sich zu seinen neuen Freunden und meldet ihnen, daß er diesen Abend das Vergnügen haben wird, sie Frau von Rigoulotini vorzustellen.

Was den Gemal derselben betrifft, so spricht man von diesem nicht. Er muß sich nur zu glücklich schätzen, die Personen empfangen zu können, welche seiner Gemalin gefallen.

# Siebentes Capitel.

## Die Gattin des Bankiers.

Gegen neun Uhr Abends vermochten die Salons des reichen Bankiers kaum die herbeiströmende Gesellschaft zu fassen, denn so wie das Wasser stets zum Flusse läuft, so sucht auch die Menge stets den Reichthum.

Es gibt Leute, welche glauben, daß, wenn sie sich an reichen Leuten reiben, auch für sie etwas abfallen werde.

Herr de la Palissonnière tritt mit den beiden Herren, welche er vorstellen will, bei dem Bankier ein. Der Baron von Sternitz, dessen Toilette eine sehr gewählte, obschon einfache ist, schreitet mit hoch emporgehobenem Haupte einher und betrachtet mit stolzem Blicke die Gesellschaft.

Der Major von Krautberg hat keine so sichere Haltung, aber er zieht seine Nase in den Schnurrbart hinein und rollt die Augen fortwährend hin und her.

Man durchschreitet zwei Salons, in welchen gespielt wird, ohne Madame zu begegnen, dafür aber stößt man im zweiten Salon auf Herrn Rigoulotini. Der Vicomte schlägt ihn vertraulich auf die Schulter und sagt zu ihm:

»Guten Abend, Freund. Ich stelle Ihnen den Baron von Sternitz und den Major von Krautberg vor. Ich hoffe, daß Sie mit mir zufrieden sind und es mir Dank wissen werden.«

Der Bankier betrachtet die Neuangekommenen mit

alberner Miene und stammelt einige Worte, die man nicht versteht.

Der Baron und der Major begrüßen ihn militärisch, und man geht weiter.

»Das wäre der Herr des Hauses,« sagt Palissonnière. »Aber wo verbirgt sich denn die Göttin dieser Räume? Ah, da sehe ich sie endlich! Kommen Sie, meine Herren, sie hat uns gesehen, denn sie lächelt schon.«

In der That hatte die Herrin des Hauses die Herren so eben bemerkt.

Sie beeilt sich aufzustehen, geht ihnen entgegen und macht ihnen eine Reverenz, in welche sie ihre ganze Noblesse und Grazie zu legen bemüht ist.

Der Baron und der Major werden vorgestellt.

Der letztere stammelt einige unverständliche Worte, der Baron aber sagt der Dame ein wohlgedrechseltes Compliment und nimmt den Sessel an, welchen sie ihm bietet.

Der Vicomte setzt sich ebenfalls neben Madame Rigoulotini, der Major aber bleibt stehen und weiß nicht, was er machen soll, bis sein Freund zu ihm sagt:

»Sie sind ein Freund vom Kartenspiel, Major. Man spielt hier in mehreren Salons. Gehen Sie und sehen Sie den Partien zu. Madame erlaubt es Ihnen.«

»Ja wohl,« ruft die vornehme Dame aus; »ich bitte den Herrn Major, zu thun, als ob er zu Hause wäre. Er wird mir dadurch beweisen, daß es ihm hier gefällt.«

»Madame — ja wohl — allerdings — ja wohl —«

Und der Major entfernt sich, nachdem er dies gesagt, indem er beim Gehen fortwährend auf seine hinten ein wenig zu langen Beinkleider tritt.

Madame Rigoulotini gibt dem Baron das Vergnügen zu erkennen, welches es ihr macht, ihn bei sich zu sehen; sie wünscht ihm Glück zu seiner Anhänglichkeit an die
Sache der Bourbons — einer Anhänglichkeit, von welcher
er so viele Beweise gegeben. Sie hat dies von Herrn de la
Palissonnière gehört, mit welchem er, wie sie weiß, mehrmals auf dem Schlachtfelde zusammengetroffen ist.

»Ja wohl, mehrmals,« antwortet der Baron. »O, der
Herr Vicomte ist ein tapferer Degen. Ich habe ihn bei der
Arbeit gesehen und würde Jeden sofort niederstoßen, der
das Unglück hätte, mir das Gegentheil zu sagen.«

Orestes de la Palissonnière ist entzückt. Die Eitelkeit
leuchtet ihm aus den Augen. Wenn er es wagte, so würde
er den Baron küssen und an sein Herz drücken, vor der
Welt aber legt er seiner Dankbarkeit Fesseln an und be-
schränkt sich darauf, daß er die Hand seines neuen Freun-
des ergreift, dieselbe mit Innigkeit drückt und ausruft:

»Ja, wir sind Einer des Andern würdig!«

»Dies ist mein schönstes Lob.«

Madame Rigoulotini verfehlt nicht, das Gespräch auf
ihre Familie, ihren alten Adel zu bringen, und seufzt über
die Umstände, durch welche sie sich genöthigt gesehen, einen
Bürgerlichen zu heiraten.

»Unser lieber Baron weiß dies Alles schon,« sagt
Orestes. »Ich habe nicht verfehlt ihm mitzutheilen, daß
Sie aus dem Hause Hautefutaie stammen, und dies ließ
ihn nur um so inniger wünschen, Ihre Bekanntschaft zu
machen.«

»Wirklich?« sagt Madame Rigoulotini. »Ich bin ihm

für diesen Beweis von Interesse sehr dankbar. Haben Sie vielleicht in Coblenz von uns sprechen gehört?«

»Nein, in Coblenz nicht,« entgegnet der Baron mit kaum bemerkbarem Lächeln, »wohl aber in England.«

»In England? Und von wem?«

»Von einem Emigrirten, mit welchem ich sehr genau bekannt war und dessen Sie sich jedenfalls erinnern werden, Madame. Es war der Marquis von Germancey.«

Dieser Name macht auf die Enkelin der Hautfutaies einen sehr lebhaften Eindruck, dennoch aber faßt sie sich ziemlich schnell wieder und antwortet:

»Der Marquis von Germancey — ja, ja, er kannte uns — er hatte bei meinem Vater Zutritt. Wenn ich nicht irre, ist er schon vor mehreren Jahren gestorben.«

»Ja wohl, Madame, er ist schon längst todt; ehe er aber starb, erzählte er mir viel galante Abenteuer, bei welchen er betheiligt gewesen — vor der Revolution nämlich.«

»Ja, ja; ich habe selbst gehört, daß dieser Marquis ein Verführer, ein Don Juan war,« sagt Orestes. »Ein Bruder von ihm lebt jetzt noch und ist hier in Paris. Sehen Sie ihn zuweilen, schöne Dame?«

»Nur selten,« antwortet die Gattin des Bankiers, der es sehr unbehaglich zu Muthe zu sein scheint und die den Herrn mit der Narbe nicht mehr mit so viel Bewunderung betrachtet. Um das Gespräch auf etwas Anderes zu bringen, ruft sie:

»Spielen Sie nicht, Herr Baron von Sternitz?«

»Nein, niemals, Madame; ich verabscheue das Spiel. Ich sagte also, daß dieser Marquis von Germancey in seiner Jugend sehr pikante Abenteuer durchgemacht hatte.

Denken Sie sich, Vicomte, daß er eine junge Dame aus einer sehr vornehmen Familie verführte, so daß sie zweimal von ihm Mutter ward.«

»Zweimal?« sagt der Vicomte. »So ein Tausendsasa! Einmal will ich mir gefallen lassen, aber zweimal, das geht über das Erlaubte hinaus. Und heiratete er die junge Dame denn nicht?«

»Nein, sie heiratete einen Andern.«

»Daran that sie wohl. Aber was war's mit den Kindern?«

»Nun, die Kinder gab sie aufs Land in die Ziehe, beobachtete dabei das strengste Incognito und überließ sie dann sich selbst.«

»Zum Teufel, das ist eine sehr verwickelte Geschichte. Aber was fehlt Ihnen, schöne Dame? Sie wechseln die Farbe. Fühlen Sie sich vielleicht unwohl?«

»Ja — ich weiß selbst nicht — die Hitze — ich bin wie betäubt — ich muß an die frische Luft —«

»Erlauben Sie mir, Madame, Sie nach dem Fenster zu geleiten,« sagt der Baron, indem er der Herrin des Hauses seinen Arm bietet.

Sie zögert anfangs, nimmt aber endlich den dargebotenen Arm an und schreitet mit dem Baron durch den Salon. Unterwegs sagt ihr dieser leise ins Ohr:

»Madame, ich wünschte eine geheime Unterredung mit Ihnen zu haben. Wollen Sie mich morgen empfangen — allein?«

»Ja, mein Herr, ja wohl,« stammelt die Gattin des Bankiers und fühlt, wie ihr die Knie schlottern.

»Zu welcher Stunde darf ich erscheinen, Madame?«

»Gegen ein Uhr, mein Herr.«

»Ich werde nicht ermangeln, Madame.«

Man war in der Nähe des Fensters angelangt. Der
Baron läßt den Arm der Dame los, verneigt sich ehrerbietig und entfernt sich dann. Er durchschreitet zwei Salons
und sieht den Major an einem Ecartétische, an welchem er
spielt und fortwährend gewinnt. Er neigt sich zu ihm herab
und sagt ihm in's Ohr:

»Verlieren Sie.«

Der Major gehorcht. Er verliert die Partie und gibt
dann das Spiel auf. Der Baron fordert ihn durch einen
Wink auf, ihm zu folgen und beide verlassen das Haus des
Bankiers.

»Nun, wie geht die Sache?« fragt der Major, sobald
sie hinaus sind.

»Wie am Schnürchen. Morgen soll ich mit dieser Dame
eine geheime Unterredung haben. O das ist ein goldenes
Geschäft!«

»Du ließest mich nicht weiter spielen. Es war Schade,
denn ich gewann viel.«

»Du gewannst zu viel und das ist unklug. Man muß
sich zu mäßigen wissen, besonders in unserer Stellung. Man
darf nicht um einiger elenden Goldstücke willen die uner-
meßlichen Summen gefährden, welche bald in unserem Besitz
sein werden.«

»Das ist sehr richtig und Du siehst, daß ich Dir auch
sofort gehorcht habe. Ich überließ meinem Gegner die schönen Trümpfe, die ich mir vorher gegeben. Ist das nicht
hübsch von mir?«

Am nächstfolgenden Tage Schlag ein Uhr erschien der

sich so nennende Baron von Sternitz in dem Hotel des Ban=
kiers Rigoulotini und ward bei Madame vorgelassen.

Diese erwartete heute diesen Herrn nicht mehr, wie
am Abend vorher, mit dem lebhaften Wunsche, ihn zu em=
pfangen, sondern mit einer Unruhe und Aufregung, die bei=
nahe an Angst grenzte.

Dennoch bemüht sie sich, den Baron mit liebenswürdi=
gem Lächeln zu empfangen, während dieser sich tief vor
ihr verneigt.

Sie zeigt auf einen neben ihr stehenden Stuhl und
sagt:

»Sie verlangten gestern Abend eine kurze Unterredung
unter vier Augen mit mir, Herr Baron. Ich bin bereit,
Sie zu hören.«

Der Baron verneigt sich abermals, setzt sich dann und
antwortet:

»Ich danke Ihnen, Madame. Sie sehen, daß ich mich
pünktlich zu der von Ihnen bezeichneten Stunde eingefun=
den habe.«

»Sie sind sehr pünktlich, wie ehemalige Militärs in
der Regel zu sein pflegen. Ich erwarte nun, daß Sie mich
von dem Beweggrund dieser geheimen Unterredung in Kennt=
niß setzen werden.«

»Errathen Sie diesen Grund nicht schon ein wenig,
Madame?« fragt der Baron.

Madame Rigoulotini wechselt die Farbe, bemüht sich
aber ihre Bewegung zu bemeistern, indem sie antwortet:

»Nein, mein Herr, ich errathe nichts. Wie sollte ich
es auch?«

»Wohlan, Madame, da Sie es nicht errathen, so will

ich mich näher erklären und zwar in möglichst bestimmter Weise, denn ich mache nicht gern lange Umschweife. Ich habe Ihnen schon gestern gesagt, daß der Herr Marquis von Germancey vor der Revolution eine junge Dame aus vornehmer Familie verführte, daß diese zwei Kinder von ihm hatte und daß er sie später verließ. Diese junge Dame aus vornehmer Familie sind Sie, Madame. Diese beiden Kinder sind die Ihrigen. Ich habe dies aus des Marquis eigenem Munde.«

Die Gattin des Bankiers wird leichenblaß, dennoch aber sucht sie ihren Muth zusammenzuraffen und ruft:

»Das ist eine Lüge! Dieser Marquis von Germancey war ein Ungeheuer. Er hat Sie belogen! An Allem, was Sie da sagen, ist kein wahres Wort.«

Der Baron hebt mit großer Kaltblütigkeit wieder an:

»Ah so, Sie läugnen, Madame; wir klagen aber niemals an, wenn wir keinen Beweis haben. Werden Sie auch dann noch läugnen, wenn man Ihnen Ihre Tochter und Ihren Sohn vorführt, welche Sie als kleine Kinder einer Bäuerin in Vincennes, der Mutter Duchemin, anvertraut hatten? Werden Sie auch noch läugnen, wenn man Ihnen jenes kostbare Flacon zeigt, auf welchem Ihr Wappen eingravirt ist und welches Sie eines Tages aus Versehen bei der Bäuerin zurückgelassen hatten?«

Mit diesen Worten zieht der Baron aus seiner Tasche das Flacon, welches er der stolzen Herminia vor die Augen hält.

Bei diesem Anblicke ist sie wie vom Donner gerührt; ihre Dreistigkeit wird ihr gänzlich untreu; sie sinkt dem Baron beinahe zu Füßen und murmelt:

»Ach, mein Herr — ich bitte Sie, haben Sie Erbar=
men — machen Sie mich nicht unglücklich!«

Der Baron beeilt sich die Dame aufzuheben und sie
wieder Platz nehmen zu lassen, indem er in seinem sanfte=
sten Tone und mit der ausgesuchtesten Höflichkeit sagt:

»Ich sollte Sie unglücklich machen wollen, Madame?
Mein Gott, für wen halten Sie uns, und können Sie glau=
ben, daß dies jemals unsere Absicht gewesen sei? Wir soll=
ten Ihren guten Ruf vernichten? O pfui doch! Warum
denn? Wegen eines Jugendfehlers, einer Herzensschwäche?
Ach, wer hätte deren nicht gehabt! Wenn man in jedem
Gewissen lesen könnte, glauben Sie, daß man deren viele
ganz reine finden würde?«

»Ach, Herr Baron, Sie beruhigen mich wieder ein
wenig.«

»Bewahren Sie diese Ruhe. Es handelt sich hier blos
um Unterstützung zweier Personen, welche Ihnen sehr nahe=
stehen. Sie wissen wohl nicht, was aus Ihren Kindern ge=
worden ist?«

»Nein, die Revolution kam dazwischen, wir mußten
auswandern und als ich wieder kam, ward es mir unge=
mein schwer, mir Auskunft zu verschaffen, so —«

»Ich begreife, o, ich begreife vollkommen. Und übri=
gens mußten Sie ja auch fürchten, sich zu compromittiren.«

»Allerdings.«

»Nun sehen Sie, in Folge eines ganz außerordentli=
chen Zufalls habe ich diese armen Kinder wiedergefunden.
Sie haben mir erzählt, wie sie nach Vincennes zu der Mut=
ter Duchemin gebracht wurden. Da ich das Vertrauen des
Marquis genossen, so hatte mich dies schon einigermaßen

auf die Spur gebracht. Der Anblick des Flacons überzeugte mich sofort, daß ich mich nicht irrte. Ich kenne die Wappen aller adeligen Familien Frankreichs.«

»Ach, mein Gott! und Sie haben ihnen wohl gesagt, wer — ihre Mutter ist?«

»Nein, o nein! So würde ich doch nicht ohne Ihre Erlaubniß thun.«

»Ach, Sie geben mir das Leben wieder. — In welcher Stellung befinden sich diese Kinder?«

»In einer sehr erbärmlichen. Das Mädchen verdient ihr Brot als Aufwärterin und der Knabe verkauft Contremarken an den Thüren der Theater.«

»Ach, mein Gott!«

»Wollen Sie, daß ich sie herbringe?«

»O nein, thun Sie dies ja nicht!«

»Allerdings, die Kinder könnten dadurch stutzig gemacht werden. Uebrigens brauchen Sie sie ja auch nicht zu sehen, um sie zu unterstützen. Ich werde die Vermittlung übernehmen, denn ich kann mir nicht denken, daß es Ihre Absicht sei, diese Unglücklichen in einer so traurigen Lage zu lassen. Einer Person von Herz und Gemüth fällt so etwas nicht ein.«

»Ich muß sie allerdings unterstützen und bin bereit dazu. Ich habe gerade jetzt fünf- oder sechstausend Francs in Cassa, die ich Ihnen für die Beiden zustellen will.«

Der Baron wirft sich in seinen Stuhl zurück, schlägt ein lautes Gelächter auf und sagt:

»Fünf- bis sechstausend Francs! Sie wollen sich wohl einen kleinen Scherz mit mir erlauben? Für die Frau eines

Millionärs find Sie durchaus nicht freigebig, aber ich weiß schon, Sie scherzen blos.«

»Nun, Herr Baron, wie viel glauben Sie denn, daß ich diesen — diesen beiden Personen zustellen lassen soll?«

»Wie viel? Hunderttausend Francs, Madame, hunderttausend Francs, dies ist ganz gewiß nicht zu viel.«

Die stolze Herminie hüpft vor Schreck auf ihrem Stuhle empor und ruft aus:

»Wie, mein Herr — hunderttausend Francs — das ist ja eine ungeheure Summe!«

»Die aber immer nicht mehr beträgt als fünfzigtausend Francs für das Mädchen und eben so viel für den Knaben.«

»Aber, mein Herr, so viel Geld besitze ich nicht.«

»Ihr Herr Gemal besitzt dessen noch weit mehr. Hunderttausend Francs sind für den Bankier Rigonlotini ein Tropfen Wasser in's Meer. Sie werden ihm diese Summe abverlangen und er wird sich beeilen, sie Ihnen zu geben.«

»Aber welchen Grund soll ich dafür anführen?«

»Ist eine Dame, die ihren Gatten täuschen will, wohl jemals um einen Vorwand verlegen? Ich würde Sie beleidigen, wenn ich dies glauben wollte.«

»Aber ich sollte meinen, etwa vierzigtausend Francs wären auch genug.«

»Ich habe gesagt hunderttausend Francs, Madame, und werde keinen Sou weniger annehmen. Wenn Sie sich weigern, so werde ich Ihren Kindern sagen, daß sie hierher gehen und Sie selbst darum bitten sollen.«

»Genug, mein Herr — kein Wort weiter — Sie sollen die Summe haben.«

»Sehr schön, Madame. Morgen zu derselben Stunde
werde ich wiederkommen, um das Geld zu holen, denn ich
bin überzeugt, daß Ihr Herr Gemal es Ihnen geben wird,
sobald Sie ihn darum bitten. Leben Sie denn wohl, Madame; auf Wiedersehen morgen. Haben Sie die Gnade,
meine ehrerbietigsten Huldigungen zu genehmigen.«

Mit diesen Worten entfernt sich der Baron von
Sternitz.

Die stolze Herminie, die von dem stattgehabten Auf-
tritte noch ganz bestürzt ist, entschließt sich, in das Cabinet
ihres Gemals zu gehen, während sie bei sich selbst sagt:

»Warum hat mir der Vicomte de la Palissonnière
diesen Baron zugeführt? — Indessen, aufgesucht hätte mich
derselbe jedenfalls, da der Marquis ihm einmal sein Geheimniß anvertraut hatte. Wie konnte er aber auch nur ein
Geheimniß von solcher Wichtigkeit erzählen! Wie indiscret
sind doch die Männer!«

Der Bankier Rigoulotini ist sehr überrascht, den Besuch seiner Frau zu erhalten. Es ist das erste Mal, daß sie
ihm die Ehre erzeigt, in sein Cabinet zu kommen. Er ist
darüber sehr erfreut und beeilt sich, ihr einen Sessel zu bie-
ten, indem er stammelt:

»Welch einem Zufalle verdanke ich — es ist sehr liebenswürdig von Ihnen — ich hätte nicht erwartet —«

»Ja, mein Herr, Sie haben mich noch nicht in Ihrem
Cabinete gesehen. Eine Frau gehört auch nicht hierher und
wenn ich heute komme, so liegt der Grund darin, daß ich
Ihnen eine Bitte vorzutragen habe.«

»Eine Bitte? Sprechen Sie, Madame. Ich werde
mich freuen, Ihnen in irgend etwas nützlich sein zu können.«

»Mein Herr, es handelt sich um Geld.«

»Um Geld? ich verstehe. Sie haben wohl eine Zahlung zu leisten, die Sie für den Augenblick genirt. Schicken Sie mir die Rechnung zu und ich werde den Ueberbringer sofort bezahlen.«

»Nein, mein Herr, es ist vielmehr eine alte Schuld, die ich selbst abzumachen wünsche.«

»Nun, dann nennen Sie mir die Summe, die Sie brauchen, und ich werde sie Ihnen zustellen.«

Madame zögert ein wenig, dann murmelt sie:

»Hunderttausend Francs, mein Herr.«

»Fünftausend Francs? — gut, ich werde sie Ihnen sogleich auszahlen.«

»Ich habe nicht gesagt fünftausend Francs, mein Herr, sondern hunderttausend.«

Der Bankier reißt die Augen weit auf und ruft:

»Hunderttausend Francs! Mein Gott, Madame, was wollen Sie damit machen?«

»Ich habe es Ihnen schon gesagt, mein Herr. Ich will eine alte Schuld bezahlen.«

»Aber, Madame, hunderttausend Francs ist man nicht so leicht schuldig. So viel kann Ihre Schuld nicht betragen. Ueberdies, wenn sie alt ist, so fragt sich noch, ob sie nicht verjährt ist.«

»Für Leute von Ehre gibt es keine Verjährung.«

»Schicken Sie Ihren Gläubiger zu mir, Madame, und ich bin überzeugt, daß ich die Sache mit ihm billiger abmachen werde. Die Frauen verstehen von solchen Dingen nichts.«

»Mein Herr, ich werde Niemand zu Ihnen schicken. Ich habe Ihnen gesagt, daß ich diese Summe brauche. Ich sollte meinen, dies müßte Ihnen genügen, und wenn eine Hautefutaie sich zu einer Bitte erniedrigt, so finde ich es sehr sonderbar, daß Sie zögern, diese Bitte zu erfüllen. Muß ich Sie daran erinnern, wer ich bin, mein Herr? Soll ich in meinen Salons laut verkünden, daß Sie der Person, welche Sie mit ihrer Hand beehrt hat, Geld verweigern?«

Die Dame hat einen so gebieterischen Ton ange= nommen, sie schleudert ihrem Gatten so zornige Blicke zu, daß dieser darüber erschrickt, sich beeilt, zu seiner Casse zu laufen und sagt:

»Erzürnen Sie sich doch nicht, Madame! Mein Gott, ich will ja Ihren Wunsch erfüllen. Hier, Madame, hier haben Sie, hier sind hunderttausend Francs.«

Der Bankier nimmt mehrere Packete Bankbillets aus seiner Casse. Er zählt seiner Gattin hunderttausend Francs ab und sie nimmt dieselben, indem sie in anmaßendem Tone sagt:

»Gut, Sie können sich denken, mein Herr, daß ich dieses Geldes höchst dringend bedarf, da ich hiehergekom= men bin, um Sie darum zu bitten.«

Dies ist der ganze Dank, den dieser Mann von seiner Frau zu hören bekommt. Sie entfernt sich und der Bankier sagt bei sich selbst:

»Das war ein theurer Besuch. Ich wünsche nicht, daß derselbe sich so bald wiederhole. Ach, wenn Mouchenez diesem Auftritt beigewohnt hätte, ich glaube, er würde mich nicht wenig verspotten.«

Am nächsten Morgen verfehlt der Baron von Sterniß

94

nicht, sich wieder bei Madame Rigoulotini einzufinden. Er
verneigt sich wieder tief vor ihr und sie beeilt sich, ihm ein
Portefeuille zu überreichen, indem sie zu ihm sagt:

»Es sind hunderttausend Francs darin, zählen Sie
nach.«

»Ich glaube Ihrem Wort, schöne Dame. Ich werde
nun zwei Unglückliche glücklich machen.«

»Aber ohne meinen Namen zu nennen.«

»Seien Sie unbesorgt, ich werde dies Alles abmachen.
Uebrigens werden Leute, denen man eine solche Summe
gibt, gern Alles glauben, was man will.«

»Und mein Flacon, Herr Baron? Ich vergaß gestern,
es Ihnen abzuverlangen. Haben Sie die Güte, es mir zu-
rückzugeben.«

»Ich habe es zu Hause gelassen, werde aber unverweilt die Ehre haben, es Ihnen zu bringen.«

»Ja, vergessen Sie es nicht.«

»Ich verlasse Sie, denn ich kann es kaum erwarten,
die freudige Ueberraschung der armen Wesen zu sehen, die
ich nun auf einmal in eine andere Lage versetzen werde.«

Der Herr Baron v. Sternitz verläßt Madame Rigoulotini. Auf der Straße gesellt sich der Major zu ihm
und sagt:

»Nun, wie steht's mit den Fonds?«

»Ich habe sie — hier sind sie in diesem Portefeuille
— hunderttausend Francs — kein Heller weniger. Nun
stehen uns alle Freuden und Vergnügungen zu Gebote. Ich
miethe nun sogleich eine brillante Wohnung in der Chaussée
d'Antin. Morgen schaffe ich mir Equipage an, kaufe
Pferde —«

»Zum Teufel, dann wird das Geld ziemlich rasch rouliren.«

»Nun, wenn diese hunderttausend Francs verthan sind, so mache ich der Gemalin des Bankiers den zweiten Besuch und sie muß mir dann noch einmal so viel geben. Dann haben wir noch den Grafen von Germancey, der jetzt reich ist, und den wir auch bluten lassen werden.«

»Du willst selbst zu ihm gehen?«

»O nein! Trotz des Talents, womit ich mich zu verkappen weiß, möchte ich doch den Blick dieses Mannes nicht lange aushalten. Ich werde ihm aber seine Nichte, seinen Neffen schicken. Er muß sie reich machen und ich werde auch meinen Nutzen davon haben, denn seine Nichte ist meine Frau. Sobald ich Zeit habe, werde ich mich auch mit meiner Tochter beschäftigen.«

»Mit deiner Tochter?«

»Ohne Zweifel! Mit Florentinens Kind. Sie ist verteufelt schön, meine Tochter. Ich betrachtete sie da neulich. Sie sitzt oft an ihrem Fenster. Man kann sie wirklich eine Schönheit nennen. Später werde ich mich mit ihrem Etablissement beschäftigen müssen. Mittlerweile miethen wir eine schöne Wohnung, Equipage, Diener —«

»Aber sag', fürchtest Du nicht, daß Du durch diesen Luxus die Blicke allzusehr auf Dich lenkst und daß man dann entdecke — —«

»Dummkopf! Gerade dieser Luxus wird unsere Sicherheit sein. Wenn man einen Uebelthäter, einen entsprungenen Galeerensclaven sucht, so glaubt man ihn in den unteren Classen, unter den Armen und Elenden zu finden. Einen Mann aber, der Equipage und Dienerschaft hat, der auf großem Fuße lebt, wird man sich wohl erlauben, Verdacht gegen einen solchen zu hegen? Man bückt sich vielmehr vor ihm und ist ganz entzückt, wenn er sich herabläßt, dem, mit dem er spricht, die Hand zu drücken.«

## Achtes Capitel.

## Der geheimnißvolle Pavillon.

Trotz des Verbots von Seiten ihres Gatten, oder vielleicht eben wegen dieses Verbots — denn man weiß, daß das, was verboten ist, stets einen gewaltigen Reiz auf die Frauen ausübt und zwar schon seit langer Zeit — kam Madame Roberval mit ihrer alten Freundin sehr oft zusammen. Sie besuchte dieselbe, setzte sich mit ihr in das kleine Boudoir hinter dem Verkaufslocal und frühstückte hier oft mit Marie und deren Bruder, welcher sich nicht wenig gefreut hatte, die Bekanntschaft der freundlichen Madame Roberval zu machen.

Von Zeit zu Zeit erneuerte diese ihre Bitten, wodurch sie ihre Freundin aufforderte, wieder einmal zum Frühstück zu ihr zu kommen, indem sie wiederholt sagte:

»Du wirst meinen Mann nicht zu sehen bekommen. Er frühstückt stets allein. Er kommt niemals in mein Cabinet. Es war ein außerordentlicher Zufall, der ihn gerade an dem Tage, wo Du dort warst, zu mir führte, aber dergleichen Zufälle ereignen sich nicht zweimal. Uebrigens würde er, wenn er auch käme, Dich doch nicht fressen, denn es steht mir vollkommen frei, zu empfangen, wen ich will.«

Die Modiftin widerstand jedoch diesen Bitten, indem sie erwiederte: ·

»Nein, liebe Freundin; dein Mann war unhöflich — beinahe grob gegen mich. Ich will mich nicht neuen Impertinenzen von seiner Seite aussetzen.«

»Aber er hat ja gar nichts zu Dir gesagt —«

»Gesagt hat er allerdings nichts, als er aber dein Zimmer verließ, nachdem Du ihm gesagt, wer ich sei, sprach er kein Wort weiter mit mir und grüßte mich nicht einmal, als er fortging. Ich bin sehr empfindlich, meine liebe Eulalie, und obschon dein Mann sehr reich ist, so sollte mich dies nicht abhalten, ihm den Text zu lesen, wenn er sich wieder einer Unhöflichkeit gegen mich schuldig machte. Es wird daher besser sein, wenn ich mich dieser Gefahr gar nicht aussetze. Er kam einmal unerwartet in dein Zimmer, er könnte auch zum zweiten Male kommen. Du kannst zu mir kommen, so oft es Dir beliebt. Ich freue mich stets, Dich zu empfangen, und hier sind wir bei unserer süßen Plauderei wenigstens ungestört.«

Wenn Victor zugegen war, theilte er die Meinung seiner Schwester und sagte:

»Ihr Gemal ist zu reich geworden. Das Glück hat ihn verwöhnt. Dies ist sein eigener Nachtheil. Wir brauchen seine Thaler nicht und es liegt mir gar nichts daran, seine Bekanntschaft zu machen, denn ich bin ihm nicht ähnlich. Dank meiner Schwester hat auch meine Lebensstellung sich geändert, aber ich vergesse nicht, daß ich Commissionär gewesen bin, und mein größtes Vergnügen ist, wieder auf meinem Boulevard du Temple herumzubummeln und meinen Freund Beaulard mit einem Glas Bier zu tractiren. Dieser

wackere gute Junge erklärt Wachsfiguren und will gar nichts
Anderes thun. Er besitzt einmal keinen Ehrgeiz.«

Dennoch hat Madame Roberval es sich einmal in
den Kopf gesetzt, ihre Freundin wieder bei sich zu empfan=
gen und zu tractiren, und sagt zu ihr:

»Also, hier in Paris willst Du mich durchaus nicht
wieder besuchen. Gut, sprechen wir nicht weiter davon.
Ganz gewiß aber kannst Du Dich nicht weigern, einen Tag
bei mir in meinem Landhause zu Ville d'Avray zuzubringen.
Dort brauchst Du nicht zu fürchten, meinem Manne in den
Weg zu kommen, und Du wirst sehen, wie reizend unsere
Villa ist — ein wahrer Juwel! Wie groß und schattig ist
der Garten mit seinen vielen Blumen. Wir werden uns ganz
gewiß sehr gut amüsiren und Du kannst Dir einen prächti=
gen Strauß mitnehmen, den Du Dir selbst pflücken sollst.«

»Nun gut, auf deinem Landhause will ich Dich besu=
chen, aber blos, wenn dein Mann auf Reisen ist, weil ich
dann sicher sein kann, daß er nicht auch hinkommen wird.«

»Welch eine Idee! Indessen, es sei. Da mein Gatte
sehr oft verreist, so wirst Du mir deinen Besuch dort bald
machen können.«

Einige Tage nach dieser Unterredung erhält die Mo=
distin gegen zehn Uhr Morgens das folgende Billet:

»Mein Mann ist heute Morgen nach Lyon gereist.
Jetzt ist der geeignete Augenblick, um unser Project zu ver=
wirklichen und nach Ville d'Avray zu fahren. Das Wetter
ist herrlich, vielleicht ein wenig warm, aber dort haben wir
Schatten. Halte Dich bis Mittag bereit, ich werde Dich ab=

holen. Wenn dein Bruder uns begleiten kann, so soll es mir
lieb sein.

»Stets die Deine.

»Eulalie Roberval.«

Marie trifft sofort alle Anstalten, um sich für den Tag
frei zu machen. Sie theilt Arbeit unter ihre Gehilfinnen
aus, indem sie sagt: »Es ist sehr wahrscheinlich, daß ich erst
in der Nacht zurückkommen werde.«

Ein Viertel nach zwölf Uhr hält ein Wagen vor dem
Magazin. Madame Roberval steigt heraus und kommt auf
ihre Freundin zugeeilt.

»Du bist doch bereit?« fragt sie.

»Ja wohl — vollkommen bereit.«

»Und dein Bruder?«

»Diesen habe ich heute Morgen noch nicht gesehen. Zu
ihm zu schicken wäre vergeblich, denn er ist niemals zu
Hause.«

»Nun, dann fahren wir ohne ihn. Ich habe nicht mei=
nen eigenen, sondern einen Miethwagen genommen. Meine
Diener brauchen nicht alle zu wissen, wo ich hingehe. Ich
habe diesen Wagen hier auf den ganzen Tag gemiethet.«

»Daran hast Du sehr wohl gethan. Wir haben dann
völlig freie Hand.«

»Ich nehme eine delicate Pastete und ein kaltes Huhn
mit. Draußen finden wir frische Eier und Obst und werden
ganz gut schmausen, nicht wahr?«

»O, das ist mehr als nöthig.«

»Was den Wein betrifft, so gibt es dort ganz köstlichen.
Ich finde, daß es von meinem Manne sehr unrecht ist, die
Schlüssel zum Keller seinem Gärtner zu lassen, der sich oft

· benebelt. Doch das ist Nebensache. Wollen wir nun aufbrechen?«

»Ja, ich bin bereit.«

Die beiden Freundinnen steigen in den Wagen. Sie freuen sich und fühlen sich glücklich, beisammen zu sein und zu wissen, daß sie dies den ganzen Tag sein werden; daß sie ungehindert schwatzen, lachen und sich jener Tage ihrer Jugend erinnern können, wo sie in den schönen Fluren der Normandie umherwandelten und wo es ein großes Fest für sie war, wenn sie sich einmal einen ganzen Tag frei machen konnten. Damals aber fuhren sie nicht in einem eleganten Miethwagen. Sie machten den Weg bescheidentlich zu Fuße, fühlten sich aber deswegen nicht weniger glücklich, denn damals waren sie jung und die Jugend ist die Heiterkeit des Lebens. Ach, wie herrlich ist die Jugend und warum weiß man oft nicht, sie so zu nützen und zu genießen, wie es geschehen sollte!

Warum? weil man nicht Alles auf einmal haben kann, weil man in diesem so schönen Alter, wo man nur lieben und lächeln sollte, sich fast immer der Arbeit widmen muß, um sich eine Carriere zu schaffen. Man muß an die Zukunft denken, man muß Geld verdienen, um sich die Vergnügungen verschaffen zu können, nach welchen man so begierig ist. Dies ist der Grund der Sorgen und Mühen, wodurch unsere schönen Tage verdunkelt werden.

Man wird mir hierauf entgegnen, daß es bevorrechtete Sterbliche gibt, welche im Schooße des Reichthums und der Größe geboren werden. Diese sind, sagt man, nicht genöthigt, sich eine Stellung zu schaffen; ihre Zukunft kann ihnen nur rosenfarben erscheinen und ihre Jugend nur eine lange Reihe von Freuden sein.

Wer dies glaubt, täuscht sich aber sehr. Diese bevor-rechteten Sterblichen, wie wir sie nannten, kämpfen mit dem Widerwillen, der Uebersättigung und der Entnervung, wovon das Uebermaß aller Freuden begleitet zu sein pflegt. Anstatt die Vortheile, welche ihnen das Glück verliehen, mäßig zu genießen, wollen sie sich auf einmal allen Ge-nüssen widmen und leben in sechs Monaten zehn Jahre, ver-geuden ihre Jugend noch viel schneller als Andere und so gleicht sich zuletzt Alles aus.

Kehren wir jetzt zu unseren Damen zurück.

Sie plaudern von der Vergangenheit und genießen die Gegenwart, denn der Tag ist herrlich und wenn man sich Ville d'Avray nähert, so hat man die Aussicht auf die herr-lichen Umgebungen der Seineufer, so daß Marie mehr als einmal ausruft:

»Ach, wie reizend ist es doch auf dem Lande! Welch ein Vergnügen muß es sein, hier wohnen zu können! Sobald ich später einmal mein Geschäft aufgeben kann, kaufe ich mir ganz gewiß ein kleines Landhaus und ziehe mich auf dasselbe zurück.«

»Du wirst das unsrige sehen. Es ist sehr hübsch und zierlich und der Garten gut angelegt.«

»Daran zweifle ich nicht. Mir aber wird schon ein bescheidenes Häuschen genügen — mit einem Garten, den ich selbst in Ordnung halten werde.«

»Ja, das sagt man. Ich will zuweilen auch meine Blumen selbst pflegen. Aber es ist dies ein wenig anstren-

gend und ich muß in der Regel sehr bald den Gärtner rufen
und mir von ihm helfen lassen.«

»O, Du bist aber auch schon durch den Reichthum verwöhnt. Dieser macht allerdings träg; man hat dann nicht
mehr die Kraft, etwas für sich selbst zu thun.«

»Du hast Recht. Ich werde Dir mein Haus von unten
bis oben zeigen, eben so wie die Terrassen, den Kiosk und
den Teich. Dennoch aber gibt es etwas, was ich Dir nicht
zeigen werde; da ich es aber selbst nicht sehen kann, so wäre
es mir auch schwierig, es Andern zu zeigen.«

»Wie! es gibt auf deinem Besitzthum etwas, was
Du nicht sehen kannst? Das verstehe ich nicht.«

»Denke Dir, daß mein Mann ganz am Ende des Gartens — und dies ist ziemlich weit von dem Hause — einen
kleinen Pavillon hat bauen lassen, der nur aus einem Erd-
geschoß besteht und nur zwei Fenster hat. Uebrigens hat
er die Form einer Rotunde und sieht sehr elegant aus —
wenigstens von außen, denn was das Innere betrifft, so
habe ich dieses niemals gesehen.«

»Du bist noch nicht darin gewesen?«

»Nein; mein Mann schließt die Thür zu und trägt
diesen Schlüssel, welchen er Niemand anvertraut, stets
bei sich.«

»Wie! auch nicht einmal seiner Frau vertraut er
ihn an?«

»Nein, auch nicht einmal seiner Frau. Er sagte zu
mir: Dies ist mein Arbeitscabinet. Hier mache ich meine
Berechnungen und entwerfe die Pläne zu meinen Specula-
tionen. Ich will nicht, daß Jemand hineingehe. Ich habe

diesen Pavillon ausdrücklich bauen laffen, um behaglich dariu arbeiten zu können und will niemals gestört sein.«

»Aber wenn er nicht darin ist, so würde man ihn ja nicht stören, wenn man hineinginge?«

»Das ist wohl wahr, wahrscheinlich aber fürchtet er, daß man dann seine Papiere anrühre.«

»Papiere liegen gewöhnlich in einem Bureau, in einem Secretär, den er ohne Zweifel verschließt, und folglich kann man auch diese nicht in Unordnung bringen.«

»Das ist wohl wahr, mein Mann will aber einmal nicht, daß man in diesen Pavillon gehe. Es ist dies einmal so seine Idee und man muß sich dareinfügen.«

»Und geht er selbst oft in seinen Pavillon?«

»Ja, sehr oft. Zuweilen bringt er ganze Tage darin zu, gewöhnlich aber geschieht das, wenn er sich allein auf unfer Landgut begibt.«

»Und Du folgst ihm nicht nach, um zu sehen, was er macht?«

»Nein, durchaus nicht. Ueberdies wäre dies auch unmöglich, da er sich stets einschließt.«

»Und wenn Ihr Gäste habt?«

»Dann begibt mein Mann sich nicht in seinen Pavillon. Ist er aber einmal darin, so hält er sich stets eingeschlossen.«

»Das finde ich aber sehr sonderbar. Wie kann ein Mann so geheimnißvoll gegen seine Frau sein! Du bist nicht neugierig, wie es scheint. Wäre ich an deiner Stelle, so wüßte ich sicherlich schon längst, was es in diesem Pavillon gibt.«

»Und welche Mittel würdest Du zu diesem Zweck an-
wenden?«

»Das weiß ich selbst nicht gleich, aber ich würde deren
schon finden. Weißt Du, daß dein Pavillon mich an die Geschichte vom Blaubart erinnert? Wenn dein Mann Dir seinen Schlüssel anvertraute und Dir verböte, jenen geheim-
nißvollen Ort zu betreten, würdest Du ihm wohl gehorchen?«

»Vielleicht! Lieber aber ist es mir, wenn er mir den
Schlüssel nicht anvertraut.«

»Ich für meine Person würde es ganz gewiß machen
wie Blaubart's Frau. Ich würde mir einbilden, daß mein
Mann an diesem so gut verwahrten Ort eine Geliebte —
ein junges Mädchen versteckt halte, die er vielleicht entführt
hat.«

»Welch eine Idee! Mir ist so etwas noch nie in den
Sinn gekommen.«

»Es ist in der That unrecht von mir, daß ich Dir
Argwohn gegen deinen Mann einflöße, und übrigens kommt
es mir, die ich von dem meinigen verlassen worden bin,
durchaus nicht zu, die Handlungsweise Anderer zu kri-
tisiren.«

Während die beiden Freundinnen so mit einander
plaudern, langen sie in Ville d'Avray an. Madame Roberval zeigt dem Kutscher den Weg, welchen er einzuschla-
gen hat, und es dauert nicht lange, so hält der Wagen vor
einem schönen Gitterthor, hinter welchem man einen von
Orangenbäumen umgebenen Rasenplatz und weiterhin ein
hübsches, in italienischem Style erbautes Haus sieht.

»Nun sind wir da,« sagt Eulalie aussteigend.

In diesem Augenblicke öffnet sich das Gitterthor und ein alter Bauer will eben aus dem Garten heraustreten. Als er den Wagen sieht, bleibt er stehen und ruft aus:

»Ah, da kommt ja Madame, das ist schön!«

»Marie, ich stelle Dir meinen Gärtner vor,« sagt Madame Roberval. »Guten Tag, Vater Guillaume. Wie es scheint, kommen wir gerade noch zur rechten Zeit, denn Ihr wollt eben ausgehen.«

»Ich wollte blos da drüben einen Bissen zu mir nehmen.«

»Ja, ja, ich weiß es schon, bei dem Weinhändler, wie gewöhnlich.«

»Na, mein Gott, der Mensch will leben, und übrigens dachte ich nicht, daß Jemand kommen würde, besonders da der Herr zu mir gesagt hatte: »Guillaume, laßt Niemanden ein. Wenn Besuch kommt, so sagt: Die Herrschaft ist nicht da, und ich habe Befehl, nicht zu öffnen.«

»Das hat mein Mann zu Euch gesagt? Dann ist er also heute Morgen hier gewesen?«

»Ja wohl, Madame. Er kam sehr früh, noch vor acht Uhr und ist auch jetzt noch da.«

»Mein Mann ist in diesem Augenblicke hier?«

»Allerdings. Sie haben es wohl gar nicht gewußt, Madame? Ich glaubte, Sie wollten Ihren Herrn Gemal hier aufsuchen.«

Eulalie sieht Marie an. Die beiden Freundinnen sind ganz bestürzt und die Modistin sagt:

»Liebe Freundin, packe deine Delicatessen nicht erst aus. Das Beste, was wir thun können, ist, sofort wieder umzukehren.«

»Ach, das wäre noch besser! Vater Guillaume, wo ist mein Mann in diesem Augenblicke?«

»Nun, ich sollte meinen, das können Sie sich denken, Madame. Der Herr ist in seinem Pavillon. Er begab sich sofort in denselben und ging gar nicht erst einmal in das Haus. Uebrigens macht er es, wenn er allein kommt, stets so. Er bleibt in seinem Pavillon bis sechs Uhr Abends und geht dann fort, ohne das Haus zu betreten.«

»Da hörst Du es, Marie. Wir werden ihm nicht in den Weg kommen. Er wird nicht einmal ahnen, daß wir da sind. Jetzt sitzt er eingeschlossen in seinem Pavillon bis sechs Uhr Abends. Wir werden uns eher wieder entfernen, und folglich ist er für uns so gut wie gar nicht da.«

»Ich für meine Person finde dies aber nicht so ganz einerlei.«

»Guillaume, tragt einmal diese Sachen in das Speise= zimmer, legt zwei Couverts auf, geht in den Keller und holt uns Wein herauf.«

»Schön, Madame. Ganz, wie Sie befehlen.«

»Dann gebt dem Kutscher zu trinken.«

»Ja wohl, Madame; ich werde ein Glas mit ihm trinken.«

»Versteht sich. Also, komm' nun, Marie, und schau nicht so ernst darein. Man sollte meinen, Du fürchtetest Dich hier. Während man den Tisch deckt, will ich Dir den Garten zeigen.«

»Den Garten! Aber dann kann dein Mann uns ja von seinem Pavillon aus sehen.«

»Durchaus nicht. Die Fenster des Pavillons haben undurchsichtiges Glas und übrigens sind auch die Vorhänge stets geschlossen. Ich habe mich schon oft gefragt, was mein Mann an einem Orte machen kann, wo es nothwendig sehr dunkel sein muß. Ich glaube, er geht ganz einfach dorthin, um zu schlafen. Uebrigens wollen wir, der größeren Sicherheit wegen, nicht vor dem Pavillon vorbeigehen.«

»Das ist mir allerdings lieber.«

Die Damen lenken ihre Schritte nach dem Garten, der sich hinter dem Hause befindet, aber ihre Heiterkeit ist verschwunden. Eulalie mag thun, was sie will, um ihre Freundin wieder aufzumuntern, diese bleibt ernst und murmelt:

»Unsere Partie ist eine verfehlte. Du hattest mir aber doch geschrieben, dein Mann wäre nach Lyon gereist.«

»So hatte er auch zu mir gesagt. Er fügte sogar hinzu, daß er acht Tage wegbleiben würde. Jedenfalls hat er sich anders besonnen.«

»Das ist Schade.«

»Na, lassen wir uns doch unbekümmert um ihn. Wir sind ja sicher, ihm hier nicht zu begegnen.«

»Wenn er mich hier wieder beim Frühstück antrifft, so wird er sagen, ich käme blos zu Dir, um zu essen.«

»Ach, sei doch nicht so thöricht! Sieh hier einmal diese Camelien, diese Magnolien und diese schönen Rosen. Diese da ist der »Glanz von Dijon«, diese daneben ist die „Erinnerung an Malmaison.«

»Ja, ja. Du hast reizende Blumen. Aber wo steht der Pavillon?«

»Dort unten — am Ende der großen Allee. Willst Du ihn sehen, ohne im mindesten Gefahr zu laufen, von Dem, der jetzt darin ist, gesehen zu werden?«

»Wie sollten wir dies anfangen?«

»O, es ist sehr leicht. Diese große Allee hat zu beiden
Seiten zwei kleine Alleen, die mit ihr in gleicher Richtung
laufen, aber von dicht belaubten Geißblattsträuchern eingefaßt sind.«

»Nun und?«

»Nun, wenn wir eine dieser kleinen Alleen hinuntergehen, so kommen wir in die Nähe des Pavillons, ohne von
einer oder der andern Seite bemerkt zu werden.«

»Ah so! Nun wenn Du sicher bist, daß man uns nicht
sehen kann, so wollen wir ein wenig hingehen.«

Die beiden Freundinnen lenken ihre Schritte in eine
kleine dichtbelaubte Allee, welche in der That von Geiß-
blatt- und Fliederbüschen eingefaßt ist.

Langsam gehen sie weiter. Nachdem sie etwa zwei-
hundert Schritte zurückgelegt, erblicken sie den Pavillon,
dessen Thür sich der großen Mittelallee gegenüber befindet.

Marie bleibt stehen. Sie empfindet eine unklare An-
wandlung von Furcht, ihre Begleiterin aber sagt zu ihr:

»Komm doch! Wir wollen noch einige Schritte weiter gehen. Du siehst, daß wir dieses elegante kleine Gebäude
ganz mit Muße betrachten können, ohne gesehen zu werden.«

Die Damen gehen noch einige Schritte und sind nicht
mehr weit von dem Pavillon entfernt, als plötzlich Schlüs-
selgeklirr sich hören läßt, dann die Thür des Pavillons
sich rasch öffnet und Roberval auf der Schwelle erscheint.

Die beiden Freundinnen bleiben unwillkürlich stehen,
sehen einander an und wagen nicht zu athmen.

Roberval hält einen versiegelten Brief in der Hand,
geht einige Schritte vorwärts und ruft dann:

»Guillaume! Guillaume! — wo steckt denn dieser
verwünschte Saufaus? Heda, Guillaume!«

Der Gärtner kommt aber nicht zum Vorschein und gibt
auch keine Antwort.

Roberval stampft ungeduldig mit dem Fuße und sagt:

»Aber dieser Brief muß heute Vormittag noch fort.
Guillaume! Guillaume! Ich sehe schon, ich muß den Lüm=
mel suchen.«

Und mit diesen Worten entfernt er sich eiligst nach
dem Hause zu, während er die Thür des Pavillons hinter
sich angelehnt läßt.

»Er ist fort!« sagt Marie.

»Ja,« entgegnete Eulalie. »Sieh doch, er hat die Thür
offen gelassen! Diese Gelegenheit ist zu schön, als daß wir
sie nicht benutzen sollten. Komm Marie.«

»Was willst Du thun?«

»Ich will sehen, was da drinnen ist — wir haben
vollauf Zeit. Von hier bis zum Hause ist es weit und
übrigens wird er auch Guillaume, der mit dem Kutscher
trinken gegangen ist, nicht sogleich finden. Komm schnell;
wir werfen blos einen Blick hinein, dann gehen wir
wieder fort.«

Indem Madame Roberval dies sagt, biegt sie die
Zweige eines Fliederstrauches auseinander und eilt auf den
Pavillon zu. Marie folgt ihr, indem sie bei sich sagt:

»Ich habe ihre Neugier erst rege gemacht, folglich
muß ich auch mitgehen, und wenn die Sache schlimm abläuft,
werde ich die ganze Schuld auf mich nehmen.«

Die beiden Damen stoßen die Thür auf und treten in

einen kleinen Salon von achteckiger Form, der auch ganz
dunkel ist.

»Da siehst Du,« sagt Madame Roberval, »ich dachte
mir gleich, daß es hier ganz finster sein müsse. Was kann er
nur hier machen?«

„Es ist ja noch ein Zimmer da,« sagt Marie, welche
den Lichtstrahl bemerkt, der durch eine zweite, ebenfalls nur
angelehnte Thür fällt.

»Noch ein Zimmer? Ah, Du hast Recht! Komm', laß'
uns sehen.«

Die Damen stoßen auch diese Thür auf und treten in ein
kleines Gemach, welches eben so hell ist als das erstere
finster. Dennoch hat dieses Zimmer kein Fenster, sondern
das Licht fällt von oben durch eine Decke von starkem un=
durchsichtigen Glas herein.

In diesem Gemach befindet sich weiter kein Möbel als
ein Sessel, der vor einem umfangreichen Bureau steht,
welches ganz allein den Hintergrund des Zimmers ausfüllt.

Auf diesem Bureau sieht man Massen von Papieren ver=
schiedener Art und außerdem sämmtliche Werkzeuge, die ein
Graveur bei seiner Arbeit braucht, so wie Federn, Dintenfässer
und endlich ein Bündel Bankbillets und ein paar Pistolen.

Madame Roberval, welche zuerst das Graveurwerkzeug
erblickt, ruft aus:

„Also er geht hieher, um zu graviren! Das ist das
ganze Geheimniß! Wie albern von ihm, sich deswegen zu
verstecken! Da liegen Bankbillets. Wie es scheint, hat er
hier auch eine Casse. Was sehe ich! Pistolen! Wahrscheinlich
aus Vorsicht gegen Diebe.«

Marie stößt aber plötzlich einen Schrei aus. Sie sieht

auf dem Tische des Bureaus ein kunstmäßig aufgespanntes, an den vier Ecken mit Marmorwürfeln beschwertes Seidenpapier, nach welchem Vorbilde man angefangen hat ein falsches Bankbillet zu fertigen. Dieses aber ist noch nicht fertig.

Marie ergreift die Hand ihrer Freundin, legt sie auf das halb gravirte Billet und sagt zu ihr:

»Sieh, das ist es, was dein Mann hier macht.«

Madame Roberval wird bleich und stammelt:

»Mein Gott, was ist das?«

»Falsche Bankbillets sind es. Dein Mann ist ein Falschmünzer. Diesen Stoß Billets hat er ohne Zweifel selbst gemacht.«

»Du machst mich schaudern. Wäre es möglich?«

»Komm, komm! laß uns so schnell als möglich diesen entsetzlichen Ort verlassen. Wenn er jetzt wiederkäme — diese Waffen — er würde uns sofort umbringen, denn wir wissen nun sein Geheimniß. Komm, so komm doch!«

Die arme Madame Roberval hat aber kaum noch Kraft zu gehen. Marie sieht sich genöthigt, sie am Kleide zu zerren, beinahe zu tragen, um sie aus dem Atelier und dann aus dem achteckigen Salon fortzubringen.

Endlich sind sie hinaus — im Garten. Eulalie dreht sich um und will die Thür des Pavillons zumachen, ihre Freundin thut ihr aber Einhalt und sagt:

»Unglückliche, er würde dann ja sehen, daß wir drinnen gewesen sind, denn er weiß sicherlich, daß er die Thür offen gelassen. Komm, entfernen wir uns so rasch als möglich von diesem unheimlichen Orte.«

Die beiden Freundinnen haben aber kaum drei Schritte

zurückgelegt, so steht plötzlich Roberval vor ihnen. Er ist leichenblaß, er hat keine Brille mehr auf und sein Blick ist furchterregend.

Er vertritt den beiden Damen den Weg, indem er mit halb erstickter Stimme sagt:

„Was machen Sie hier?"

„Mein Freund, wir — wir sind so eben erst hierhergekommen — wir gingen im Garten spazieren."

„Sind Sie in dem Pavillon gewesen?"

„Nein, wir sind nicht darin gewesen."

„Aber warum stehen Sie denn hier, vor der Thür?"

„Weil — mein Gott, ich will Dir es gestehen — weil ich im Vorübergehen sah, daß die Thür nicht verschlossen war, und da Du mir niemals haft erlauben wollen, diesen Ort zu betreten, so wollte ich die Gelegenheit benutzen, um mich einmal in diesem Pavillon umzusehen, dessen Inneres ich nicht kenne. Marie widersetzte sich aber meiner Absicht und weigerte sich mit mir hineinzugehen, als Du plötzlich kamst."

Diese Worte werden mit einer Aufregung gesprochen, welche die arme Frau nach Kräften bemüht ist zu überwinden.

Was Marie betrifft, so zittert diese nicht mehr. Roberval's Anblick hat ihr, anstatt sie einzuschüchtern, ihre ganze Energie wieder gegeben, und anstatt vor ihm die Augen niederzuschlagen, trägt sie den Kopf gerade und ihr Blick scheint ihm zu trotzen.

Roberval betrachtet die beiden Frauen einige Augenblicke lang mit wilden, unentschlossenen Blicken, dann lenkt er seine Schritte nach der Thür des Pavillons und murmelt:

»Es ist gut — Sie können gehen.«

Dies ist gerade das, was die beiden Freundinnen selbst am sehnlichsten wünschen. Sie verdoppeln sofort ihren Schritt, gehen durch den Garten, ohne ein Wort mit einander zu sprechen, und erreichen endlich das Gitterthor, wo sie den Kutscher und den Gärtner finden.

Vater Guillaume sagt zu ihnen:

»Das Frühstück ist servirt, meine Damen. Ich sprach so eben den Herrn und fragte ihn, ob er mit den Damen frühstücken werde. Er gab mir aber keine Antwort, sondern drehte sich, als er hörte, daß Madame hier sei, sofort um.«

Man kann sich sehr leicht denken, daß die beiden Freundinnen jetzt nicht mehr daran dachten, zu frühstücken.

»Wir wollen fort,« sagte Madame Roberval, »wir wollen unverweilt aufbrechen.«

»Was, Madame, und Ihr Frühstück?«

»Komm, Marie. Kutscher, fahrt uns nach Paris zurück.«

Die beiden Damen steigen in den Wagen, ohne auf die kläglichen Vorstellungen des Gärtners zu hören.

Als der Kutscher endlich seine Pferde in raschen Trab gesetzt und man das Landhaus aus den Augen verloren hat, wirft Madame Roberval sich weinend in die Arme ihrer Freundin und murmelt:

»Mein Gott, Unglückliche, die ich bin!«

»Ja, meine arme Eulalie. Und ich beneidete Dich um dein Glück!«

»Ich bin also das Weib eines — ha, ich wage nicht das furchtbare Wort auszusprechen. Welche Existenz wird mir von nun an beschieden sein! Jeden Augenblick werde ich glauben Gendarmen zu sehen, welche kommen, um meinen Gatten festzunehmen. Marie, meine gute Marie, nicht wahr, Du wirst nichts sagen? Du wirst nicht dieses furchtbare Geheimniß verrathen, welches den Mann, dessen Namen ich trage, auf's Blutgerüst führen würde?«

»Nein, ich werde nichts sagen — um deinetwillen — denn sonst — aber um deinetwillen werde ich nichts sagen.«

## Neuntes Capitel.

## Die Liebenden.

Wochen und Monate sind seit jenem Abend vergangen, an welchem Turlure auf dem Theater der Gaîté debutirte, aber, wie man sich erinnern wird, durchaus nicht mit Glück. Der Director hat ihr daher auch wohlmeinend gerathen, wieder auf den Boulevard zurückzukehren und Gerstenzucker zu verkaufen.

Dieser Rath ist aber nicht befolgt worden, denn Turlure war nach jenem Abend nicht wieder auf dem Boulevard du Temple erschienen, wo ihr Platz nur noch von dem unglücklichen Boursiquet eingenommen ward, der, sobald er auf einige Augenblicke aus seinem Café abkommen konnte, nicht verfehlte sich hierherzupflanzen, um zu ächzen und zu seufzen und zu der Pfefferkuchenhändlerin zu sagen:

»Haben Sie sie denn noch nicht gesehen? Ist sie noch nicht wieder dagewesen?«

Madame Rouflard antwortet aber allemal in spötti-
schem Tone:

»Wie albern Sie doch sind! Zu Ostern oder zum Tri=
nitatisfeste wird sie schon wiederkommen.«

»Sie glauben wirklich, sie werde zum Trinitatisfeste
wieder da sein?«

»Ich glaube, Sie sind ein Gimpel, weil Sie auf diese
Weise nach einer Person schmachten können, welche Sie zum
Besten hält. Turlure ist jedenfalls mit so einem Theater=
hanswurst durchgegangen. Ich gebe Ihnen mein Wort, daß
sie ganz gewiß nicht wieder als Verkäuferin auf den Bou=
levard zurückkehrt.«

Boursiquet war dann ganz trostlos zu Florentine ge=
gangen, um vielleicht von dieser einige Auskunft über seine
Undankbare zu erlangen. Florentine hat ihm aber geant=
wortet:

»Ich weiß auch nicht mehr als Sie, mein armer Bour=
siquet. Seit jenem verhängnißvollen Abend, welcher Tur=
lure für immer von ihrer Leidenschaft für's Theater hätte
heilen sollen, ist sie nicht wieder zu uns gekommen. Meine
Tochter hat sie nicht wieder gesehen. Früher kannte ich ihre
Adresse, aber sie war ausgezogen und hatte mich von ihrer
neuen Wohnung nicht in Kenntniß gesetzt.«

»Mich auch nicht, die Duckmäuserin! Wenn ich sie
fragte, wo sie wohne, antwortete sie allemal: Was geht
das Sie an? Ich will ja gar nicht, daß Sie mich besuchen.«

»Glauben Sie mir, Herr Boursiquet, das Beste, was
Sie thun können, ist, Turlure zu vergessen.«

Und der arme junge Mann war dann wieder fortge=
gangen und hatte bei sich selbst gesagt:

*

»Jemanden zu rathen, daß er die Person, die er liebt, vergeſſen ſolle, iſt ſehr leicht. Es iſt das gerade ſo, wie wenn man Zahnſchmerzen hat. Dann gibt es auch Leute, welche ſagen: Man muß nur nicht daran denken.«

Jener an Ereigniſſen ſo fruchtbare Abend hatte aber nicht blos Bourſiquet mit Trauer erfüllt, ſondern auch andere Gefühle geweckt. und andere Herzen ſchlagen gemacht. Nicht jede Liebe, welche er hatte entſtehen ſehen, ſollte daſſelbe Schickſal haben wie die, welche der arme Bourſiquet für Turlure hegte.

Jener junge Ernſt Didier, welcher im Theater mit Florentine und ihrer Tochter geplaudert, hatte Honorinens ſo reizendes Bild nicht wieder aus ſeiner Erinnerung zu bannen vermocht.

Und warum hätte er dies auch verſuchen ſollen? Kann ein nichtactiver vierundzwanzigjähriger Offizier wohl etwas Beſſeres zu thun haben, als ſich mit Liebe zu beſchäftigen?

Der junge Mann war der Mutter und der Tochter auf ihrem Heimwege mit den Augen gefolgt. Er hatte ſich ihr Haus gemerkt und ſchon am nächſtfolgenden Tage Nachmittags wandelte er auf der andern Seite des Boulevard hin und her und ſchaute unaufhörlich nach den Fenſtern des glücklichen Hauſes, das in ſeinen Mauern das reizende Weſen barg, welches er vor Begier brannte wieder zu ſehen.

Die Blicke unſeres Offiziers ſchweiften unaufhörlich von der erſten bis zur dritten Etage. Zum Glück für ihn hatte das Haus nicht mehr, denn ſonſt hätte er endlich ſchielen gelernt, denn er wollte oft mehrere Fenſter zu gleicher Zeit im Auge behalten.

In den beiden ersten Etagen blieben die Fenster fort=
während geschlossen. Endlich aber wird in der dritten eines
geöffnet und es nimmt Jemand daran Platz.

Es ist allerdings nicht das reizende junge Mädchen,
wohl aber die Mutter, und es ist schon etwas, zu wissen,
daß man seine Blicke auf die Fenster des dritten Stockwer=
kes zu richten hat.

Der junge Mann will dies jedoch nicht auf allzu auf=
fallende Weise thun. Er fährt fort hin und her zu prome=
niren, aber er geht nicht weit und verliert die glückseligen
Fenster nie aus den Augen.

Wenn er sich weit genug entfernt hat, kehrt er um,
und wenn er sich dem Hause, welches ihn interessirt, ge=
genüber befindet, sieht er es nur noch verstohlen an, und
als ob er nach etwas Anderem sähe. Dann entfernt er sich
wieder, um bald umzukehren.

Es ist ein förmlicher Schildwachdienst, aber wer von
uns hätte dergleichen verliebte Dienste nicht verrichtet, die
zuweilen weit länger dauern, als die einer wirklichen Schild=
wache? Was mich betrifft, so erinnere ich mich, daß ich oft
im Winter auf diesem Posten gestanden, dem Schnee und
Regen getrotzt und nicht einmal die Pfützen gesehen habe,
in welchen ich herumtratschte.

Honorine erscheint an diesem Tage nicht am Fenster,
am nächstfolgenden aber ist man glücklicher.

Das schöne Kind kommt, um auf einen Augenblick
neben der Mutter Platz zu nehmen. In ihrem einfachen
Hausanzuge erscheint sie noch verführerischer und der junge
Mann kann kein Auge von dem Fenster verwenden.

Er bleibt stehen wie ein Wonnetrunkener, ein Ver=
zückter.

Da man in Paris, sobald man Jemand stehen blei=
ben und lange nach einer und derselben Richtung hinschauen
sieht, glaubt, daß es etwas Außerordentliches zu sehen gebe,
so sammeln sich auch jetzt sehr bald mehrere Pflastertreter
um Ernst und sagen zu ihm:

»Was gibt es denn? Was ist denn los? Brennt
es wo?«

Unser junger Freund, dem diese Fragen lästig sind,
stößt die ihn umringenden Bummler zurück und antwortet,
indem er sich entfernt:

»Es ist ein Affe entflogen.«

Die Neugierigen bleiben mit offenen Mäulern stehen
und wiederholen:

»Ein Affe ist entflogen! O, das möchten wir sehen!«
Und die Menge wird immer zahlreicher, so daß man
bald nicht mehr über den Boulevard gehen kann. Alles, was
dieses Weges kommt, bleibt stehen, um den fortfliegenden
Affen zu sehen, und man ergeht sich in allerhand gediegenen
Bemerkungen.

»Dann muß es aber doch ein Affe sein, der Flü=
gel hat?« fragt eine biedere Alte.

»Warum nicht?« sagt ein kleiner alter Mann, der den
Gelehrten spielen will. »Es gibt fliegende Ameisen, warum
soll es nicht auch fliegende Affen geben?«

»Aber ich sehe ja nichts.«

»Ich auch nicht.«

»Angeführt! angeführt!« schreit ein Gassenbube und
schlägt ein lautes Gelächter auf.

Die enttäuschte Menge beginnt sich nun zu zerstreuen, mehrere gute Frauen sind aber von diesem Augenblicke an fest überzeugt, daß es fliegende Affen gibt, und beeilen sich, es zu Hause zu erzählen.

Ernst sieht ein, daß er nicht wieder wie ein Verzückter stehen bleiben darf, um die schöne Honorine zu betrachten, weil dadurch Zusammenrottungen auf dem Boulevard verursacht werden.

Er nimmt sich vor, seines Weges weiter zu gehen, obschon ganz langsam, um die Züge, welche ihm die Ruhe geraubt, mit Muße betrachten zu können.

Dies thut er mehrere Tage lang. Er sieht Honorine nicht alle Tage, aber wenn sie am Fenster erscheint, so fühlt er sich für den ganzen noch übrigen Tag beglückt.

Honorine setzte sich niemals an's Fenster, als wenn ihre Mutter schon daran saß. Dennoch aber hatte sie dies zufällig einmal gethan, während ihre Mutter nicht bei ihr war. Gerade in diesem Augenblick ging Ernst vorüber und diesmal kann er nicht umhin, wieder stehen zu bleiben.

Honorine blickt nach ihm hin und sofort grüßt er sie mehrmals und Honorine gibt ihm durch eine anmuthige Kopfbewegung seinen Gruß zurück.

Ernst ist außer sich vor Freuden, denn er sagt bei sich selbst:

»Sie hat mich erkannt, denn sie gibt mir meinen Gruß zurück. Wenn ich für sie ein Unbekannter wäre, so hätte sie das Gesicht weggewendet. Sie hat mich erkannt. Dann hat sie mich also nicht gänzlich vergessen.«

Florentine, die ebenfalls im Zimmer, wenn auch nicht

am Fenster ist, sieht, daß ihre Tochter Jemand grüßt, und ruft, ohne von ihrem Stuhl aufzustehen, ihr zu:

»Wen grüßest Du denn auf dem Boulevard, mein Kind?«

Honorine wird, ohne recht zu wissen warum, purpur-roth und antwortet:

»Mama — es ist — Du weißt schon — es ist jener junge Mann —«

»Was für einen jungen Mann meinst Du?«

»Nun den, mit welchem wir im Theater sprachen — an dem Abend, wo meine arme Pathe zum ersten Mal auftrat.«

Auch Florentine hatte, da sie oft auf den Boulevard hinuntersah, den jungen Mann, der so oft auf der andern Seite der Chaussée hin und her ging, recht wohl bemerkt und erkannt, aber sie hatte Honorine nichts davon gesagt, weil sie recht wohl ahnte, daß um dieser willen der hübsche Offizier so vor ihrem Hause hin und her promenirte, und nun wollte sie wissen, ob Honorine ihn auch bemerkt hätte.

Eine Mutter täuscht sich in dem Thun und Treiben eines Liebenden nicht so leicht, besonders wenn diese Mut-ter selbst auch noch in dem Alter steht, wo man liebt und gefällt.

Es gibt in diesem Falle viele Mütter, welche die Blicke, die ihren Töchtern gelten, auf sich selbst beziehen; aber Florentine gehörte nicht zu dieser Zahl.

Da sie nicht mehr daran denkt, zu gefallen, da sie jetzt nur noch eine Liebe, nämlich die zu ihrer Tochter, im Her-zen trägt, so findet sie es ganz natürlich, daß ein Mann sich in Honorine verliebe. Sie wäre sogar überrascht gewesen, wenn dies nicht der Fall gewesen wäre, und es lag ihr daher vor allen Dingen daran, zu wissen, was in dem Herzen ihrer Tochter vorging.

Mit verstellt gleichgültiger Miene antwortet sie daher: »Ah, ganz richtig, jetzt entsinne ich mich. Du meinst den jungen Mann, der im Theater hinter uns saß.«

»Ja, Mama, und der jenen alten garstigen Herrn abfertigte, welcher mich mit seinen Knieen in den Rücken stieß.«

»Der junge Mann war sehr artig.«

»O sehr artig. Es ist Herr Ernst Didier.«

»Wie! Du kennst seinen Namen?«

»Er sagte ihn uns ja selbst, Mama, nachdem er die Karte des alten Herrn gelesen, welcher Vicomte Orestes de la Palissonniére, ehemaliger Mundschenk des Königs, hieß, aber seine Wohnung nicht angegeben hatte. Herr Ernst nannte uns hierauf seinen eigenen Namen und Stand. Er ist Exlieutenant im 29. Linien-Infanterie-Regiment und wohnt Faubourg Montmartre, Nummer 17.«

»Mein Gott, Honorine, Du hast ja ein riesiges Gedächtniß!«

»Ja, Mama, ich habe von jeher ein gutes Gedächtniß gehabt.«

Florentine findet es vor der Hand nicht angemessen, über diesen Gegenstand weiter zu sprechen, wohl aber beobachtet sie die geringsten Bewegungen ihrer Tochter mit noch größerer Wachsamkeit.

Sie bemerkt, daß von diesem Tage an Honorine sich viel öfter als zeither ans Fenster setzt und daß sie, wenn sie nicht wagt dasselbe zu öffnen, dicht dahinter Platz

... ` .' `: Secunde ihre Blicke auf den Boulevard
richtet, so daß ihre Stickerei darunter leidet und sie zuwei=
len genöthigt ist, ihre Arbeit wieder von vorn anzufangen.

Was den jungen Offizier betrifft, so geht er öfter als
je vorüber. Seitdem er einen Gruß mit Honorine gewech=
selt, könnte er keinen Tag leben, wenn er sie nicht zu sehen
suchen sollte, und sobald als er sie gewahrt, gehen die Be=
grüßungen wieder los. Die Mutter, welche Alles dies be=
merkt, sagt:

»Du siehst, wie es scheint, sehr oft Bekannte vorbei=
gehen, meine Tochter.«

»Nein, Mama. Es ist blos Herr Ernst, der mich
grüßt.«

»Immer und immer wieder Herr Ernst. Findest Du
nicht, daß dieser junge Mann ein wenig sehr oft bei uns
vorbeigeht?«

»Mama, es ist ja so hübsch auf dem Boulevard, be=
sonders auf diesem; hier gibt es so Vielerlei zu sehen.«

»Aber verbringt denn dieser junge Mann sein Leben
mit Spazierengehen?«

»Da er nicht mehr in Activität ist, was soll er dann
weiter thun, Mama?«

»Ja, da hast Du Recht. Er kann nicht Besseres thun
als spazieren gehen. Nur ist es sonderbar, daß er dies so=
gar thut, wenn es regnet.«

»Ach, Mama, fürchten die Soldaten sich wohl vor dem
Wasser?«

Florentine sieht, daß ihre Tochter auf Alles zu ant=
worten weiß, und daß die Promenaden und Grüße des
jungen Mannes weit entfernt sind, ihr gleichgiltig zu sein.

Die Mutter bedenkt, daß sie selbst ein Opfer der Ver=
führung gewesen. Sie zittert schon für die Ruhe ihrer Toch=
ter, und nimmt sich vor, ihren besten Freund, ihren Beschü=
ßer, zu Rathe zu ziehen, oder mit anderen Worten, den Gra=
fen von Germancey zu fragen, was sie thun soll, um zu
verhindern, daß eine vielleicht verderbliche Liebe sich des Her=
zens ihrer Tochter bemächtige.

Es dauert nicht lange, so bietet sich die erwünschte
Gelegenheit dar.

Der Graf von Germancey kommt, um seine Pathe zu
besuchen, und als diese, nachdem sie ihn geküßt, wieder ihren
Platz am Fenster einnimmt, führt Florentine den Grafen
auf die Seite und erzählt ihm Alles, was Bezug auf den
jungen Mann hat, der jetzt so häufig Begrüßungen mit
ihrer Tochter wechselt.

Der Graf von Germancey hört Florentine aufmerk=
sam an und erkundigt sich vor allen Dingen, ob diese Be=
kanntschaft schon von längerer Zeit her datirt.

»Es sind jetzt,« antwortet Florentine, »beinahe fünf
Monate, als wir im Theater Gaîté waren, wo wir, wie ich
Ihnen eben erzählt, durch einen Zufall veranlaßt wurden,
mit diesem jungen Mann zu sprechen. Nur wenige Wochen
später bemerkte ich, daß er oft an unsern Fenstern vorüber
promenirte. Honorine aber bemerkte dies nicht, denn sie
setzte sich damals sehr selten an's Fenster. Erst seit unge=
fähr sechs Wochen hat sie den Herrn, der sie grüßt, wieder=
erkannt; seit dieser Zeit setzt sie sich mit ihrer Arbeit fortwäh=
rend ans Fenster, arbeitet aber sehr wenig und sehr schlecht,
weil sie ihre Augen fortwährend auf den Boulevard richtet.
Wenn dann der junge Mann vorbeikommt, so grüßen sie

einander und sie erröthet. Ach, bester Herr Graf, ich weiß nur zu gut, was dies Alles sagen will. Honorine fängt an zu lieben und ich habe mir sogleich vorgenommen, Ihnen Alles zu sagen und Sie um Rath zu fragen, auf welche Weise wir diese erwachende Liebe aus dem Herzen meiner Tochter verbannen können.«

Der Graf lächelt, dann antwortet er: »Ist es aber denn vor allen Dingen erwiesen, daß wir diese erwachende Liebe verbannen und uns ihrem Wachsthum widersetzen müssen? Meine liebe Florentine, Ihre Tochter steht jetzt in ihrem sechzehnten Lebensjahre. Sie ist zu hübsch, um nicht Liebe einzuflößen, und zu verständig und gefühlvoll, um deren nicht selbst zu empfinden. Es handelt sich blos darum, zu wissen, ob der Mann, der ihr zu gefallen sucht, würdig ist, ihr Herz zu besitzen. In dieser Beziehung muß man allerdings vorsichtig zu Werke gehen, aber ich nehme diese Aufgabe auf mich und wenn dieser junge Mann sich viel- leicht hinter Geheimnisse verstecken wollte —«

»Hinter Geheimnisse? O im Gegentheil, er hat uns sofort von seinem Stande in Kenntniß gesetzt. Er trägt einen Orden.«

»Das haben Sie mir schon gesagt, aber Ordensdeco- rationen darf man nicht allemal trauen.«

»O, er hat uns auch seinen Namen genannt. Er heißt Ernst Didier —«

»Ernst Didier! — Warten Sie einmal. Ein junger Mann dieses Namens kam zuweilen in ein Haus, welches ich auch besuchte. Es ist ein sehr hübscher junger Mann — brünett, schlank gewachsen —«

»Ganz recht. Doch sehen Sie, so eben grüßt er meine

Tochter. Kommen Sie an das andere Fenster, dann wer= den Sie den fraglichen jungen Mann sehen.«

Der Graf tritt mit Florentine an das andere Fenster, ohne daß Honorine es bemerkt, weil sie nur Augen für den Boulevard hat.

Es dauert nicht lange, so kommt Ernst Didier wieder vorbei und da er nicht ermangelt, den Kopf zu heben, um Honorine anzusehen, so kann der Graf von Germancey ihn ganz genau betrachten. Er sagt in gedämpftem Tone:

»Ja, er ist's — es ist der junge Mann, den ich meine.«

»Dann kennen Sie ihn also?«

»Allerdings nicht speciell, aber genug, um viel Gutes von ihm sprechen gehört zu haben.«

»Er hat für den Kaiser gefochten.«

»Glauben Sie, daß ich ihm dies verarge? Das wäre sehr ungerecht von mir.«

»Aber er hat nicht in den Dienst des Königs treten wollen.«

»Ein Beweis, daß er seinen Meinungen treu ist, was jetzt sehr selten vorkommt.«

»Dann, Herr Graf, glauben Sie —«

»Daß diese Liebe an keinen Unwürdigen verschwendet sein würde. Uebrigens werde ich mich noch näher erkundigen. Aeußern sie jetzt kein Wort davon. In einigen Tagen werde ich ganz genau wissen, woran wir uns in Bezug auf die= sen jungen Mann zu halten haben.«

Der Graf von Germancey nähert sich sofort seiner Pathe, faßt sie am Kinn, küßt sie auf die Stirn und sagt bei sich selbst:

»Unfer verliebter junger Mann wird das mit Schrecken bemerken und troß meines grauen Haares mich für einen Nebenbuhler halten.«

Honorine wird durch die Liebkofungen ihres Pathen ganz verlegen gemacht und er fagt zu ihr:

»Was fehlt Dir, mein Kind?«

»Mir? — durchaus nichts, Herr Pathe.«

»Du fiehft heute weniger heiter aus als gewöhnlich.«

»Ich verfichere Ihnen aber, daß Sie fich irren.«

»Du haft rothe Augen. Das macht, weil Du am Fenfter fißeft. Wahrfcheinlich haft Du Dich durch den Luftzug erkältet.«

»O nein. Ich kann hier zu meiner Arbeit beffer fehen.«

Der Graf fieht Florentine lächelnd an und entfernt fich.

Ernft verfchwindet auch, als er fieht, daß ein Herr die fchöne Honorine vertraulich küßt, und diefe ift untröftlich, als fie den fchönen jungen Mann nicht mehr fieht. Sie fagt bei fich felbft: »Er hat gefehen, daß ich geküßt ward, und nun ift er fort. Was wird er denken! Mein Gott, ich konnte doch nicht zum Fenfter hinaus ihm zurufen: Es ift mein Pathe! es ift blos mein Pathe!«

Einige Tage fpäter findet der Graf fich wieder bei Florentine ein. Er nimmt fie auf die Seite und fagt zu ihr:

»Ich habe mich erkundigt. Der junge Mann ift brav und redlich, und von fehr ehrenwerther Familie. Seine Eltern hat er frühzeitig verloren. Er hat fechzehnhundert Livres Renten — dies ift Alles, was fein Vater ihm hinterlaffen hat. Damit lebt er, ohne Schulden zu machen, was eben

so viel Ordnungsliebe als Sparsamkeit verräth — Tugen=
den, welche bei jungen Leuten sehr selten vorkommen.«

»Hat er Sie bei den Leuten, welche Ihnen Auskunft
über ihn gegeben, wieder gesehen?«

»Nein, seitdem er liebt, kommt er fast gar nicht mehr
dorthin.«

»Sie glauben also, Herr Graf —«

»Daß Sie Ernst Didier Zutritt gestatten und ihn
Ihrer Tochter den Hof machen lassen können.«

»Ihm Zutritt gestatten? Wie? Sie glauben —«

»Ich glaube, daß offene Besuche unter den Augen
einer Mutter, welche ihre Tochter niemals verläßt, weit
besser sind, als verstohlene Blicke und Grüße durch's Fen=
ster. Sind Sie nicht auch meiner Meinung?«

»Allerdings, Herr Graf; aber meine Tochter ist noch
so jung.«

»Mein Himmel, ich sage ja nicht, daß sie jetzt schon
heiraten soll. Wenn sie siebzehn Jahre alt ist, dann werden
wir weiter sehen; bis dahin kann es nichts schaden, wenn
die jungen Leute einander kennen lernen. Von dem geringen
Vermögen des jungen Mannes spreche ich nicht. Meine
Pathe besitzt jetzt schon sechstausend Livres Renten und al=
lem Anscheine nach wird sie einmal meine Erbin sein. Es ist
daher jedenfalls besser, sie heiratet einen armen, aber recht=
schaffenen jungen Mann, als einen reichen Lüstling oder
Schurken.«

»Sie haben stets Recht, Herr Graf, aber dieser junge
Mann — wenn ich ihm erlauben soll, hierher zu kommen,
so weiß ich nicht —«

„Seien Sie unbesorgt; dies ist meine Sache. Geht er oft auf dem Boulevard spazieren?"

»Ja wohl, fortwährend.«

»Nun, dann ist es gut. Nehmen Sie Ihren Shawl um, setzen Sie Ihren Hut auf und sagen Sie Honorine, daß sie dasselbe thue. Wir wollen hinuntergehen, und auch ein wenig promeniren.«

Florentine ist sehr bald bereit, Honorine scheint ein wenig unruhig zu werden, als sie hört, daß sie mit ihrer Mutter und ihrem Pathen ausgehen soll. Dennoch gehorcht sie und setzt ihren Hut auf, während sie zugleich einen Blick durch's Fenster wirft, denn sie hat so eben Ernst vorbeigehen sehen.

Die Damen sind mit ihren Zurüstungen fertig. Man geht hinunter und der Graf sagt:

»Wir wollen auf die andere Seite des Boulevard hinübergehen, denn sie ist weit amüsanter als diese.«

Man geht hinüber. Der Graf von Germancey gibt der Mutter und der Tochter den Arm.

Letztere zittert. Sie bedenkt, daß ihr junger Offizier, wenn er sie am Arme eines Herrn sieht, wieder auf allerlei Vermuthungen kommen wird. Sie wünscht beinahe ihm nicht zu begegnen, aber trotzdem suchen ihre Blicke ihn fortwährend.

Man hat noch nicht hundert Schritte zurückgelegt, als man sich plötzlich Ernst gegenüber sieht, welcher die beiden Damen ehrerbietig grüßt und vorbeigehen will, als der Graf ausruft:

»Ei, wenn ich nicht irre, so ist dies Herr Ernst Didier!«

Als der junge Mann seinen Namen nennen hört, bleibt er stehen, sieht den Grafen an, besinnt sich und sagt dann:

»Ja, in der That, ich habe die Ehre, Sie zu kennen, mein Herr ··· ich habe Sie gesehen —«

»Bei Herrn Grandpré.«

»Ah, ganz recht! Ich bitte um Verzeihung, Sie sind der Herr Graf von Germancey.«

»Ganz derselbe. Kennen Sie diese Damen?«

»Ich habe allerdings das Vergnügen gehabt, im Theater neben Madame und Mademoiselle zu sitzen — aber ich —«

»Wohlan, Herr Didier, es ist meine Pathe, die Sie hier sehen. Nicht wahr, ich habe eine hübsche Pathe? Sie ist ihrer Mutter nachgeartet.«

Das Gesicht des jungen Mannes gewinnt sofort einen strahlenden Ausdruck, als er hört, daß der Graf der Pathe der jungen Dame ist, die er liebt.

Was Honorine betrifft, so ist diese, seitdem der Graf mit Ernst gesprochen, seitdem sie weiß, daß er sie kennt, so hoch erfreut, daß sie sich nicht mehr ruhig auf den Füßen halten kann, sondern am Arme ihres Pathen einherhüpft, welcher zu ihr sagt:

»Was ist Dir denn plötzlich, liebes Kind? Ich soll wohl mit Dir tanzen?«

»Verzeihen Sie, Herr Graf; ich glaube, ich muß eine Ameise im Schuhe haben.«

»Meine liebe Florentine,« sagt der Graf, »ich stelle Ihnen Herrn Ernst Didier als einen jungen Mann vor, von welchem man mir viel Gutes gesagt hat.«

»Sie sind zu gütig, Herr Graf,« sagt der junge Offizier; »ich verdiene nicht ——«

»Das Gute, welches man von Ihnen spricht? Ich für meine Person glaube aber, daß Sie es verdienen. Uebrigens, da Sie diese Damen schon ein wenig kennen, so werde ich Sie bei denselben einführen, damit Sie die Bekanntschaft vollständig machen können.«

»Ach, Herr Graf, zu welchem Dank verpflichten Sie mich! — Wenn Madame mir gütigst erlauben will «

»Mit Vergnügen, mein Herr.«

»Ich glaube, meine Pathe hat nicht Ameisen, sondern Quecksilber in den Schuhen; sie kann nicht einen Augenblick ruhig stehen. Wir wollen daher unsern Spaziergang fort= setzen. Hier, Herr Didier, ist meine Karte. Holen Sie mich morgen um zwei Uhr ab, dann wollen wir gemeinschaftlich diesen Damen unsern Besuch machen.«

»Ich werde nicht verfehlen mich einzustellen, Herr Graf.«

Der junge Mann verneigt sich und entfernt sich ganz freudig. Honorine fährt ihrerseits fort, am Arme ihres Pathen einherzuhüpfen, welcher leise zu Florentine sagt:

»Wie sie sich freut!«

Und Florentine seufzt und murmelt:

»Sie liebt ihn also schon sehr.«

Am nächstfolgenden Tage findet Ernst sich genau zu der ihm bestimmten Stunde ein und der Graf führt ihn zu Florentine. Auf diese Weise sieht der junge Mann sich bei der Person, die er liebt, eingeführt. Er kann sie nun sehen und sprechen.

Während er aber die Liebe, die er für Honorine em= pfindet, durchaus nicht zu verhehlen sucht, ist er gegen sie so ehrerbietig und seine Haltung ist diesen Damen gegenüber stets so würdig, daß der Graf zu Florentine sagt:

»Bereuen Sie jetzt, diesem jungen Mann Zutritt ge= stattet zu haben?«

»O durchaus nicht,« antwortet Florentine, »und ich fange auch an zu glauben, daß meine Tochter, glücklicher als ihre Mutter, ihre Liebe keinem Unwürdigen schenkt.«

Honorine ihrerseits zeigt sich gegen ihre Mutter noch liebreicher und zuvorkommender als vorher. Das Glück strahlt in ihren Augen. Glückliche Liebe macht so liebens= würdig, so gut — ausgenommen wenn das Gemüth ver= dorben ist.

Eines Tages aber sagt Florentine, als sie bemerkt, daß ihre Tochter sehr aufmerksam durch das Fenster schaut:

»Geht vielleicht unser junger Freund, Herr Didier, jetzt auf dem Boulevard vorbei?«

»Nein, Mama, dieser ist es nicht.«

»Nun, wen betrachtest Du denn sonst so eifrig?«

»Es ist ein Herr, Mama, der seit einiger Zeit oft vor unsern Fenstern vorbeipassirt. Er fiel mir auf, weil ich, als ich einmal nach Herrn Ernst ausschaute, welcher versprochen hatte, uns zu besuchen und nicht kam, einen Herrn in einer Calesche bemerkte, die er beinahe gerade gegenüber hatte Halt machen lassen. Er schaute unverwandt hierher und ich sah ganz deutlich, daß er einen andern Mann, der neben ihm im Wagen saß, auf mich aufmerksam machte. Dieser andere Mann schien eine große Aehnlichkeit mit dem häßlichen alten Herrn zu haben, mit welchem Ernst — ich wollte sagen Herr Ernst — im Theater in Streit gerieth. Seit diesem Tage habe ich den ersteren Herrn mehrmals in seiner Calesche vorbeifahren sehen, und allemal dreht er sich herum und sieht nach unsern Fenstern herauf.«

»Wie sieht denn dieser Mann aus?«

»Er trägt sich sehr fein und elegant. Sein Wagen ist sehr schön, sein Kutscher trägt Livrée. Uebrigens muß dieser Mann schon alt sein, denn er hat beinahe weißes Haar und dennoch ist sein Gesicht nicht alt. Er hat Augen, welche blitzen und funkeln, und eine große Narbe auf der Wange.«

»Und es macht Dir Vergnügen, diesen Mann anzusehen.«

»O nein, er flößt mir vielmehr Furcht ein. Es sah aus, als ob er mir zulächelte.«

»Das ist eigenthümlich. Du mußt mir diesen Herrn zeigen. Ist er schon vorbei?«

»Ja, er hat seinen Wagen vor dem Theater Gaité Halt machen lassen und ist dann hineingegangen, ohne

*

Zweifel, um eine Loge zu miethen. Er wird jedenfalls wieder herauskommen, denn sein Wagen wartet.«

Florentine eilt, sich an das Fenster zu stellen. Sie fühlt sich ganz unruhig und aufgeregt.

Es dauert nicht lange, so sagt Honorine:

»Sieh', Mama, da ist er — er kommt aus dem Theater — er steigt wieder in den Wagen.«

Der sich so nennende Baron von Sternitz hatte in der That eine Prosceniumsloge gemiethet.

Florentine betrachtet ihn aufmerksam. Das grauweiße Haar, die große Narbe gestattet ihr nicht, ihren Verführer zu erkennen. In dem Augenblick aber, wo er in den Wagen steigt, richtet er den Kopf empor, um zu sehen, ob Honorine noch am Fenster ist. Als er aber Florentine neben ihrer Tochter erblickt, wirft er sich rasch in den Wagen zurück, der sofort davonrollt.

Dennoch hat Florentine Zeit gehabt, den Blick zu bemerken, welchen der elegante Herr auf ihre Tochter geworfen, und sie wird davon höchlich betroffen. Es kommt ihr vor, als könnte dieser Blick nur Francisque angehören; bald aber tritt dieser Gedanke in den Hintergrund und sie sagt bei sich selbst:

»Nein, er ist's nicht — er ist ja noch jung — und diese Equipage, diese Livrée. Es war thöricht von mir, zu glauben, daß er es sei. Meinem Gönner, dem Grafen, darf ich nichts davon sagen. Er würde mich auslachen.«

## Ende des ersten Theiles.

.

Druck und Papier von Leopold Sommer in Wien.